Erotische Herrschaft und Unterwerfung Bd. 5

Erika Sanders
Serie
Herrschaft und erotische Unterwerfung

©Erika Sanders, 2025

Titelbild: © krivitskiy- Pixabay, 2025

Erstausgabe: 2025

Alle Rechte vorbehalten. Die vollständige oder teilweise Reproduktion des Werks ist ohne ausdrückliche Genehmigung des Urheberrechtsinhabers untersagt.

Zusammenfassung

Dieser Band enthält drei inhaltliche romantische und erotische BDSM-Titel.

- Weibliche BDSM-Fotografin:

Julia ist eine professionelle Fotografin, die durch ihre Fotografien gerne die wichtigen Momente im Leben der Menschen verewigt.

Während er in seinem Arbeitszimmer die letzten Fotos enthüllt, die er von einer Familie gemacht hat, betritt ein neuer Kunde die Räumlichkeiten.

Dieser Kunde, eine sehr gut positionierte und berühmte Führungskraft, hat einen unkonventionellen Auftrag für Julia: Fotografieren von Erwachsenenszenen.

Julia nimmt diesen Auftrag nur ungern an, aber das Angebot der Führungskraft ist sehr saftig ...

- Sehr dominante und heiße Exekutive Frau:

Richard Carrington ist Eigentümer eines Unternehmens mit schwerwiegenden finanziellen Problemen.

Möglicherweise können Sie die Monatsendvergütung Ihrer Mitarbeiter aufgrund dessen nicht bezahlen.

Die einzige Lösung, um das Unternehmen zu retten, ist eine schöne Führungskraft, die einen Pakt vorschlägt: Geld als Gegenleistung für einen Gefallen

Wie viel wird Richard bereit sein, dafür zu zahlen, dass er sein Unternehmen am Leben erhalten kann?

- Dominatrix, Eheberaterin:

Rachel und Roger sind ein normales Paar, das seit zwanzig Jahren verheiratet ist.

Ihre Kinder sind bereits auf dem College und leben alleine zu Hause.

Aber der Ehemann ist nicht zufrieden mit seinen sexuellen Beziehungen, die er langweilig findet, und beschließt, dass sie den Rat eines ganz bestimmten Eheberaters einholen sollten.

Wer ist dieser Eheberater, den Roger seiner Frau besonders empfiehlt, um ihre... sexuellen Techniken zu verbessern?

Weibliche BDSM-Fotografin, Sehr dominante und heiße Exekutive Frau und **Dominatrix, Eheberaterin**, sind Geschichten mit starkem erotischen BDSM-Inhalt und gehören wiederum zur Erotic Domination-Sammlung, einer Reihe von Romanen mit hohem BDSM-Gehalt.

(Alle Charaktere sind 18 Jahre oder älter)

Anmerkung zum Autorin:

Erika Sanders ist eine international bekannte Schriftstellerin, die in mehr als zwanzig Sprachen übersetzt wurde und ihre erotischsten Schriften, weit entfernt von ihrer üblichen Prosa, mit ihrem Mädchennamen signiert.

Index:

EROTISCHE HERRSCHAFT UND UNTERWERFUNG BD. 5

ERIKA SANDERS

WEIBLICHE BDSM-FOTOGRAFIN

ERSTER TEIL
Das Stellenangebot

KAPITEL 1

Julia saß im dunklen Raum ihres kleinen Fotostudios und entwickelte fotografische Bilder.

Fotografie war schon immer seine Leidenschaft gewesen und er machte es zu seiner Karriere.

Das dreißigjährige Mädchen sah aufmerksam zu, wie die Bilder fertiggestellt wurden.

Er hängte sie zum Trocknen auf und nahm sich einen Moment Zeit, um seine Arbeit für eine liebevolle Familie zu bewundern.

Julia hörte auf zu arbeiten, als sie die Glocke läuten hörte, nachdem die Haustür geöffnet worden war.

Er ging zur Rezeption und sah eine leitende Frau in den Vierzigern, die wie jemand gekleidet war, der in einem sehr eleganten Büro arbeitete.

"Guten Tag", sagte Julia mit einem warmen Lächeln. "Willkommen in meinem Fotostudio. Mein Name ist Julia. Wie kann ich Ihnen helfen?"

Die berufstätige Frau lächelte zurück.

"Hallo Julia. Mein Name ist Catherine."

Sie gaben sich die Hand, als Julia hinter der Theke stand.

"Schön dich kennenzulernen Catherine. Kann ich heute etwas für dich tun? Suchst du etwas Besonderes?"

"Eigentlich bin ich das. Ich liebe deine Arbeit. Ich denke, du bist großartig darin, Porträts zu machen und besondere Momente festzuhalten."

Julia wurde rot.

"Danke. Bist du hier für eine Empfehlung?"

"Forschung, eigentlich. Ich finde die Bilder, die Sie auf Ihrer Website haben, großartig. Sie sind eine sehr talentierte Frau."

"Ich gebe mein Bestes".

"Wie funktioniert dieser Prozess?" Fragte Catherine. "Die Leute kontaktieren dich, sagen dir, was sie wollen und machen dann Fotos von ihnen? Ich bin offensichtlich neu in diesem Bereich."

"Normalerweise funktioniert das so. Manchmal kommen Leute in mein Studio, wenn sie Porträts machen wollen, oder manchmal stellen sie mich ein, um zu ihnen zu kommen."

"Welche Art von Fotos machst du normalerweise?"

"Es kommt darauf an", antwortete Julia. "Wenn ich ausgehen muss, ist es normalerweise für Hochzeiten, Zeremonien, Promotionen, solche Dinge. In meinem Studio mache ich normalerweise Familienporträts."

"Stört es dich, wenn ich dir eine persönliche Frage stelle?"

"Voraus."

"Verdienst du damit viel Geld?"

"Es ist ein würdiges Leben."

"Julia, ich werde deine Zeit nicht verschwenden", sagte Catherine in einem Geschäftston. "Ich möchte einen Fotografen für eine Reihe von Fotoshootings einstellen. Ich bezahle gutes Geld und benötige absolute Diskretion. Alle Bilder richten sich an Erwachsene."

"Das sollte kein Problem sein", antwortete Julia zuversichtlich. "Ich habe schon viel Nacktarbeit gemacht. Ich fühle mich mit so etwas wohl."

"Welche Art von Erfahrungen haben Sie in dieser Hinsicht?"

"Ich hatte einige Nacktkunstkurse am College. In meiner Karriere als Fotograf habe ich sinnliche Nacktporträts für Frauen gemacht. Das ist eine ziemlich häufige Anfrage. Ich gehe davon aus, dass Sie so etwas wollen."

Catherine lächelte.

"Nicht ganz. Was ich mache, beinhaltet etwas mehr Erotik."

"Ist es pornografisch?" Fragte Julia vorsichtig.

"Ich bin keine Person, die gerne Etiketten auf Dinge klebt. Ich erkunde die Grenzen der menschlichen Sexualität auf ganz besondere Weise. Ich habe besondere Freunde und möchte, dass Sie einige unserer Sitzungen mit Ihren einzigartigen Fähigkeiten dokumentieren. Als Fotograf".

Julia war etwas überrascht.

"Ich kann nicht. Es tut mir leid. Nichts für ungut, aber ich konnte wahrscheinlich nicht meine beste Arbeit in dieser Umgebung leisten."

Catherine griff in ihre Handtasche und legte eine Visitenkarte auf den Tisch.

"Danke für deine Zeit", antwortete Catherine höflich. "Als Künstler hatte ich gehofft, dass Sie offen für alle Kunstformen sind, die den menschlichen Körper betreffen. Wenn Sie neugierig sind, was ich tue, rufen Sie mich an. Ich hoffe immer noch, dass wir irgendwann zusammenarbeiten können. Ich wünsche Ihnen einen schönen Tag."

"Du auch. Danke, dass du gekommen bist. Ich entschuldige mich dafür, dass ich dir nicht helfen kann."

"Entschuldigen Sie sich nicht. Dies ist nicht jedermanns Sache. Auf die Rückseite meiner Karte habe ich den Betrag geschrieben, den ich für Ihre Dienste bezahlen würde. Denken Sie darüber nach."

Nachdem dies gesagt war, drehte sich Catherine um und verließ das kleine Arbeitszimmer.

Es war das ungewöhnlichste Angebot, das Julia erhalten hatte, seit sie ihr eigenes Fotobusiness gegründet hatte.

Sie war noch nie für etwas offen Sexuelles angefragt worden.

Er nahm die Karte und sah sie sich an.

Zu seiner Überraschung hatte Catherine eine leitende Position bei einer großen Investmentbank in der Stadt inne.

Julia drehte die Karte um und sah den Preis, den Catherine bereit war zu zahlen, und war überrascht.

KAPITEL 2

Später dachte er in dieser Nacht.

Vor dem Schlafengehen war Julia immer noch neugierig, obwohl ein Teil von ihr sich von Catherine fernhalten wollte.

Er ging zu dem Müll, in den er ihn geworfen hatte, und holte Catherines Visitenkarte heraus, die daraus einen Ball gemacht hatte.

Er faltete es auseinander und warf einen weiteren Blick darauf.

Dann ging er zu seinem Computer für eine kurze Überprüfung.

Nach einer kurzen Suche fand Julia Catherines LinkedIn-Seite.

Catherine war eine erfahrene Geschäftsfrau in leitender Position bei einer großen Investmentbank.

Die Menge an Erfahrung, die Catherine auf hohem Niveau hatte, war für Julia überraschend.

Julia setzte ihre Suche online fort und fand Catherines Facebook-Seite, die für alle offen war.

Er sah sich die persönlichen Fotos der Geschäftsfrau an.

Catherine war wunderschön, elegant, raffiniert und hatte eine gebieterische Ausstrahlung.

Julia fragte sich, warum eine solche Frau daran interessiert sein würde, explizite Fotos zu machen.

Aber offensichtlich haben sie alle ihre Geheimnisse, dachte Julia.

Die Intrige war genug, um Julia dazu zu bringen, ihre Meinung zu ändern.

Wie schmutzig könnten diese Bilder sein?

Sicherlich mussten sie geschmackvoll sein.

Er öffnete seine E-Mail und schrieb Catherine eine Nachricht:

"Hallo Catherine

Ich hoffe du hast Spaß. Ich bin Julia vom Fotostudio. Ich habe viel über Ihr Angebot nachgedacht und könnte meine Position zu diesem

Thema überdenken, wenn Sie immer noch an einer Zusammenarbeit mit mir interessiert sind. Aber zuerst habe ich ein paar Fragen. Gibt es einen angemessenen Zeitpunkt, an dem wir telefonieren können? Oder möchten Sie weiterhin per E-Mail kommunizieren? Gib mir Bescheid.

In acht nehmen,

Julia "

Er sah auf seine Uhr und es war schon fünfundzwanzig um elf.

Julia schaltete ihren Computer aus und warf einen weiteren Blick auf die Visitenkarte.

Er drehte es um und sah sich Catherines handschriftliche Notiz an: Fünfhundert Dollar pro Stunde.

Sie war erst neugieriger geworden, als sie ins Bett ging.

KAPITEL 3

Der nächste Morgen war ein typischer Morgen für Julia.

Wenn es in seinem kleinen Studio keine Leads oder Kunden gab, verbrachte er seine Zeit in der Dunkelkammer, um weitere Fotos zu entwickeln.

Es war eine mühsame Arbeit, aber sie hat es genossen.

Als er fertig war, verließ er den dunklen Raum und schaute auf seinen Laptop auf seinem Schreibtisch.

Es gab mehrere neue E-Mails.

Julias Augen suchten kurz die Liste der Nachrichten ab, von denen die meisten arbeitsbezogen waren.

Was seine Aufmerksamkeit sofort auf sich zog, war Catherines E-Mail-Antwort.

Sie öffnete es:

Julia

Ich bin froh, dass Sie mein Angebot überdacht haben. Am besten treffen wir uns persönlich, um dies zu besprechen. Komm Freitag um acht Uhr morgens in mein Büro. Ich werde einen Termin für die Rezeption vereinbaren und meine Sekretärin wird Sie hereinlassen.

Catherine "

Die kurze E-Mail war mehr als genug, um Julias Interesse erneut zu wecken.

Sie griff in ihre Handtasche, um Catherines Visitenkarte nach der Adresse ihres Büros in der Innenstadt zu durchsuchen.

Sie nutzte das Internet und suchte nach Wegbeschreibungen, um von zu Hause dorthin zu gelangen, und stellte sicher, dass ihr Zeitplan für Freitagmorgen klar war.

ZWEITER TEIL
Der Sklavenraum

KAPITEL 4

Julia stand nervös im Aufzug, als er in das große Gebäude stieg.

Sie trug ein Button-Down-Hemd mit einem Bürorock, um im Unternehmensumfeld angemessen auszusehen.

Als der Aufzug endlich den Boden erreichte, suchte Julia schüchtern nach Catherines Büro in der fremden Gegend für sie.

Als er sie fand, näherte er sich einer jungen Sekretärin, die ihn ins Büro erlaubte.

Er schluckte lautlos schwer, als er eintrat und bemerkte, dass er gerade Catherines Büroarbeit unterbrochen hatte, was auch immer es zu der Zeit war.

"Bitte nehmen Sie Platz", sagte Catherine höflich hinter ihrem Schreibtisch. "Ich bin froh, dass du deine Meinung über eine mögliche Beziehung geändert hast."

Julia setzte sich und entspannte sich.

"Nun, ich habe darüber nachgedacht und festgestellt, dass es wahrscheinlich etwas mit gutem Geschmack ist."

"Schauen Sie sich mein Büro an. Natürlich ist alles, was ich tue, geschmackvoll", sagte die Geschäftsfrau scherzhaft.

"Das kann ich definitiv sehen."

"Und ich bin sicher, das Geld, das ich anbiete, hat Sie überzeugt, ist das richtig?"

Julia wurde rot.

"Das ist ein Teil davon."

"Gut", stimmte Catherine zu. "Ich schätze deine Ehrlichkeit. Es ist keine Schande, mehr Geld zu wollen."

"Geld ist immer gut. Ich bin nicht gerade reich. Aber vor allem liebe ich die Kunst der Fotografie. Ich liebe es, Bilder von Menschen aufzunehmen, die ein Leben lang halten. Sie scheinen eine wirklich interessante Person zu sein und Ihre Geschichte mit meinen Fotos zu erzählen eine Gelegenheit, die er einfach nicht verpassen konnte. "

"Ich wusste, dass ich die richtige Frau für den Job ausgewählt habe", lächelte Catherine.

"Würde es Ihnen etwas ausmachen, mir eine Vorstellung davon zu geben, was Sie wollen? Ich verstehe Ihr Bedürfnis nach Diskretion in Anbetracht des Themas. Aber an diesem Punkt würde ich gerne wissen, worauf ich mich einlasse."

"Kennen Sie sich mit Sklaverei und dem BDSM-Lebensstil aus?"

Julia war überrascht.

"Ja bin ich."

"Was kannst du mir darüber erzählen?"

Julia dachte einen Moment nach.

"Nicht viel. Ich kenne nur die Klischees, die ich im Fernsehen sehe. Weißt du, Peitschen, Ketten, Leder. So etwas."

"Das ist nur ein kleiner Aspekt des Fetischs", erklärte Catherine. "Bei echtem BDSM geht es um Herrschaft und Unterwerfung. Es geht darum, die Macht zu verlieren und sich vollständig einer anderen Person hinzugeben. Natürlich sicher und einvernehmlich. Peitschen und Ketten sind lediglich Werkzeuge, um ein bestimmtes Ziel zu erreichen."

"Ist sie wie eine Geliebte oder so?" Fragte Julia schüchtern.

"Ich mag keine Etiketten. Aber ich denke, es würde zu dieser Beschreibung passen. Stört dich das?"

"Überhaupt nicht. Ähm, ich denke, weibliche Ermächtigung ist eine großartige Sache."

"Ich auch", stimmte Catherine zu. "Und Sie werden eine große weibliche Ermächtigung sehen, wenn Sie in mein spezielles Zimmer kommen. Die meisten meiner Subs sind mächtige Unternehmer in ihrem täglichen Leben. Sie machen sich die Mühe, mich dazu zu bringen, sie privat auf die Knie zu zwingen."

"Und Sie?"

"Was bin ich?"

"Reichen Sie auch ein?" Fragte Julia.

Catherine lächelte.

"Natürlich bin ich das. Ich würde das nicht tun, wenn ich nicht jede Sekunde lieben würde."

"Wie funktioniert das? Ich meine, kommen sie, um dich zu besuchen? Na und? Schlägst du sie oder so?"

"Ich habe einen speziellen Bondage-Raum auf meinem Dachboden", antwortete Catherine. "Ich treffe verschiedene Subs aus der Unternehmenswelt. Es ist exklusiv. Normalerweise an den Wochenenden. Nur für eine Stunde."

"Warum eine Stunde?" Fragte Julia.

"Meiner Meinung nach ist es die perfekte Zeit. Wenn es zu lange dauern würde, würden die Dinge auf schlimme Weise weh tun. Wenn es zu kurz wäre, gäbe es nicht genug Vorspiel, um Dinge zu bauen. Eine Stunde ist die perfekte Zeit zum Bauen. ein unglaublicher Höhepunkt ".

"Klingt provokativ."

"Warte bis du es siehst", sagte Catherine. "Ich trage eine goldene Maske. Es ist wie ein Alter Ego, das ich habe. Sobald die Maske auf ist, werde ich eine andere Person. Wenn die Leute denken, ich bin eine Schlampe im Büro, warten Sie, bis ich mit mir in meinem Bondage-Raum bin. mit der Maske und einer Peitsche in der Hand. Ich werde etwas ganz anderes. "

Julia fühlte sich von Catherine angezogen.

Es war eine neue Welt der sexuellen Freiheit, die nicht durch persönliche Hemmungen eingeschränkt war.

Ich habe es in gewisser Weise abgelehnt, aber gleichzeitig war es völlig faszinierend.

Ich konnte es kaum erwarten, es zu sehen und vor der Kamera festzuhalten.

"Du willst, dass ich die ganze Erfahrung fotografiere, oder?" Julia bat, es klar zu machen.

"Ich möchte, dass Sie alles außer den Gesichtern fotografieren. Diskretion ist von größter Bedeutung, da meine Unterwürfigen größtenteils wohlhabende Personen sind. Sie dürfen nicht wissen, wer sie sind. Sie werden die ganze Zeit maskiert."

Julias Finger zuckten.

"Ich werde ehrlich sein. Das alles scheint mir seltsam. Ich wurde noch nie gebeten, Teil von so etwas zu sein. Ich habe diese Dinge noch nicht einmal auf Video gesehen, was nicht bedeutet, dass ich keinen Porno gesehen habe. Es ist alles sehr neu für mich."

"Also beneide ich dich", antwortete Catherine.

"Wirklich warum?"

"Weil du das zum ersten Mal mit jungfräulichen Augen erforschen wirst."

"Das wird definitiv der Fall sein", antwortete Julia.

"Sag mir, bist du zufrieden mit deinem Sexleben?"

"Was meinen Sie?"

"Bist du sexuell zufrieden?" Fragte Catherine unverblümt. "Kommst du wie du willst? Möchtest du bessere Orgasmen haben? Möchtest du, dass jemand dich mit Leib und Seele verarscht?"

Julia war überrascht von den Fragen der angesehenen Geschäftsfrau.

"Mein Sexualleben könnte besser sein", gab er zu. "Ich bin Single. Ich bin schon lange nicht mehr zusammen. Es ist der persönliche Preis, den ich für die Führung meines eigenen Geschäfts zahle."

"Also masturbierst du wahrscheinlich viel."

"Mehr oder weniger."

Catherine nahm einen Stift und einen Notizblock und begann zu schreiben.

Als er fertig war, gab er Julia die Notiz.

"Das ist die Adresse meiner Wohnung", sagte Catherine. "Das nächste Shooting ist Samstagabend um 22:00 Uhr. Seien Sie nicht zu spät. Sie erhalten fünfhundert Dollar für die gesamte Stunde. Machen Sie Fotos von allem, was Sie wollen, außer Gesichtern oder allem, was zur Identifizierung von Personen verwendet werden kann. Die Bilder gehören ausschließlich mir. Bitte posten Sie sie nirgendwo. Meine Sekretärin hat einen Vertraulichkeitsvertrag und Formulare, die Sie unterschreiben können, wenn Sie mein Büro verlassen. Das ist alles für jetzt. "

Julia stand auf.

"Danke. Ich freue mich auf unser Treffen am Samstag."

Catherine stand ebenfalls auf und die beiden Frauen gaben sich die Hand, um den Deal beiläufig abzuschließen.

"Noch eine Sache, trage ein schönes Kleid, wenn du rüber kommst. Ich möchte, dass du gut aussiehst."

Der Ausdruck auf Julias Gesicht veränderte sich.

In diesem Moment hatte er gerade gemerkt, worauf er sich einließ.

KAPITEL 5

Nach einem Treffen mit der Sekretärin zur Unterzeichnung der Formulare und Vereinbarungen verließ Julia schnell das Firmengebäude, um frische Luft zu atmen.

Sein Geist war eine Mischung aus Emotionen.

Ich war neugierig, aber ich war nervös.

Ich war fasziniert, aber widerstrebend.

Er erkannte, dass dies alles in Führung lag, aber es war zu spät, um umzukehren.

Sie hatte bereits ihr Wort gegeben, die Verträge unterschrieben und es gab kein Zurück mehr.

Die Straße in der Innenstadt war voll und sie beobachtete, wie die Angestellten des Unternehmens zu ihren Zielen gingen, während sie völlig nervös stand.

Julia sah ein kleines Straßencafé und ging zur Schlange.

Er brauchte dringend etwas Starkes zum Trinken.

In dem Moment, als Julia in der Warteschlange stand, hörte sie eine Stimme, die sie von hinten anrief.

Sie drehte sich um und sah Catherines persönliche Sekretärin mit einem Lächeln auf sich zukommen.

Die Sekretärin war überraschend jung, Mitte zwanzig und sehr schön.

"Habe ich vergessen etwas zu unterschreiben?" Fragte Julia, als sich die Sekretärin näherte.

"Nein. All das ist erledigt. Ich bin in meiner Pause und wollte mit dir reden."

"Oh warum?"

"Ich weiß, wofür Sie eingestellt wurden", sagte er. "Als Sie die Dokumente unterschrieben haben, sahen Sie verängstigt aus, als würden Sie einen Vertrag für Ihr Leben unterschreiben."

"Kannst du mir die Schuld geben, dass ich mich so fühle?"

Die Sekretärin lächelte.

"Es ist ein normales Gefühl. Ich weiß genau, was du durchmachst."

"Du weißt es?" Fragte Julia.

"Ja. Nehmen wir an, ich habe einen ausführlichen Interviewprozess durchlaufen, um meinen Job als Catherines Sekretärin zu bekommen."

Julia brauchte nicht lange, um die Verbindung herzustellen.

Er erkannte sofort, dass die schöne junge Sekretärin Catherine sexuell unterwürfig war.

Julia tat ihr Bestes, um nicht überrascht zu werden.

"Also du und Catherine?" Fragte Julia suggestiv und neugierig.

Die Sekretärin nickte stolz.

"Ich habe mich für den Job beworben, weil ich wusste, dass ich nicht für eine erstklassige Unternehmensfrau qualifiziert war. Aber ich dachte, ich hätte nichts zu verlieren. Sie hat mich persönlich interviewt. Ich fand, dass sie mein Aussehen mochte. Und bevor ich es wusste, unterschrieb ich viele aus den gleichen Dokumenten, die Sie gemacht haben. Dann hat sie mich in ihre private Abenteuerwelt gelassen. "

"Warum erzählst du mir das? Ich möchte nicht unhöflich klingen, aber das sind nicht genau die Informationen, die geteilt werden sollten."

"Sieht so aus, als ob du vielleicht einen Freund brauchst. Ich möchte nicht, dass du nervös bist."

"Danke", antwortete Julia. "Ich bin allerdings schon nervös. Ich kann nicht anders, als das Gefühl zu haben, einen großen Fehler gemacht zu haben. Ich bin mir nicht sicher, ob ich mit so einem Fetisch umgehen kann."

"Ich dachte das Gleiche, als ich anfing, mich auf sie einzulassen. Ich hatte Angst, als ich ihren Bondage-Raum zum ersten Mal sah. Meine

Hände zitterten, als wir den Prozess begannen. Aber jetzt kann ich nicht darauf verzichten."

"Warum hast du deine Meinung geändert?" Fragte Julia.

"Vergnügen."

KAPITEL 6

Samstag Nacht.

Julia ging mit ihrer Kamera in der Tasche in die Wohnung und trug ein gelbes Kleid, das sie speziell für diesen Anlass gekauft hatte.

Es war neun Uhr nachts.

Er kam eine Stunde vor dem Termin an, als er mit dem Aufzug fuhr.

Pünktlich zu sein war Teil des Jobs.

Als sie zu Boden kam, ging Julia zu Catherines Wohnung und rief an.

Er musste nicht lange warten, bis Catherine die Tür barfuß in einem Seidengewand öffnete.

Catherines Haare waren gut gepflegt, ebenso wie ihr perfektes Make-up.

"Du bist früh dran", lächelte Catherine.

"Ich komme immer gerne früh an. Ist es ein Problem? Ich kann immer etwas später zurückkommen ..."

"Nein, nein, es ist in Ordnung. Komm rein. Ich bin froh, dass du früh dran bist. Es gibt uns die Möglichkeit, noch mehr zu reden."

Julia betrat die Wohnung und staunte über alles.

"Schöner Ort", sagte Julia bewundernd. "Das ist wunderbar. Ich habe so etwas noch nie in der Stadt gesehen."

"Es wird heute Abend viele Dinge geben, die du noch nie gesehen hast."

"Ich bin sicher, du hast Recht. Kann ich dein Bondage-Zimmer sehen? Ich würde jetzt gerne ein paar Bilder davon machen."

"Noch nicht", antwortete Catherine. "Ich möchte, dass du Fotos machst, wenn alles beginnt, nicht vorher."

"Gut."

"Ein bisschen ängstlich?"

Julia dachte einen Moment nach.

"Etwas. Aber mir geht es gut. Ich bin auf jeden Fall neugierig. Ich war noch nie Teil von so etwas."

"Du bist der Typ Frau, der das genießen wird. Ich kann es fühlen."

"Was bringt dich dazu das zu sagen?"

"Ich mache das schon lange", antwortete Catherine. "Ich kann viel über die sexuellen Gewohnheiten der Menschen erzählen, indem ich sie mir nur ansehe. Nach heute Abend werden Sie sicher wiederkommen. Sie werden süchtig. Vertrauen Sie mir."

Julia fühlte sich plötzlich unwohl mit Catherines Annahme.

Sie versuchte professionell und ernst zu bleiben.

"Also, was kannst du mir heute Abend über den Gast erzählen?" Fragte Julia und wechselte das Thema.

"Er ist reich. Er ist ein langjähriger Freund von mir. Normalerweise bekomme ich geschäftlichen Rat von ihm, aber sexuell nimmt er seine Befehle von mir entgegen. Sie werden sein Gesicht nicht sehen und Sie werden seine Identität nicht kennen."

"Wann wird er ankommen?"

"Es ist hier", lächelte Catherine.

"Er ist ...?"

Catherine deutete den Flur entlang.

"Es ist in meinem Hauptraum. Wollen Sie, dass wir einen Blick darauf werfen?"

Beide Frauen gingen den Flur der luxuriösen Wohnung entlang.

Julias Herzfrequenz stieg an, als würde sie ein Cardio-Training machen.

Ihr Herz schlug schnell, als Catherine die Tür zum Hauptschlafzimmer öffnete.

"Da ist es", sagte Catherine.

Julia war fast schockiert, als sie einen Mann mittleren Alters auf dem Bett sitzen sah, der nur seine Unterwäsche trug.

Sein Gesicht und sein Kopf waren mit einer schwarzen Ledermaske bedeckt.

In ihm waren Löcher, damit er sehen und sprechen konnte.

Er sah Julia direkt an.

Sein Körper spiegelte ihr Alter wider und seine Figur war weich und prall.

Ihre Hände waren mit einem Seil zusammengebunden.

"Was denkst du?" Fragte Catherine mit einem bösen Lächeln.

"Ich weiß nicht was ich denken soll".

"Nun, hast du Angst vor dem, was ich ihm antun werde? Macht dich das irgendwie an? Du musst ein paar Ideen dazu haben."

"Es ist sicherlich ein sehr provokantes Bild."

Catherine lächelte.

"Wenn Sie denken, dass dies provokativ ist, warten Sie, bis die Show beginnt. Es ist jedoch noch nicht Zeit."

Er schloss die Schlafzimmertür und sie standen im Flur.

"In der Zwischenzeit", sagte Catherine und betrachtete den Körper des Fotografen. "Ich dachte, ich hätte dir gesagt, du sollst heute Abend ein schönes Kleid tragen."

Julia schaute kurz auf ihr billiges gelbes Kleid.

"Entschuldigung. Das war das Beste, was ich finden konnte."

"Es ist nicht gut genug. Folge mir."

Die beiden Frauen gingen in einen anderen Raum am Ende der Halle.

Es war ein Gästezimmer, das genauso beeindruckend war wie der Hauptraum.

Das Zimmer war ordentlich und das Bett schien frisch gemacht.

Catherine öffnete den Schrank und sah kurz durch die große Auswahl an teuren Kleidern.

Als er fand, wonach er suchte, warf er es auf das Bett.

Es war ein schlankes, elegantes schwarzes Kleid.

"Zieh es an", sagte Catherine. "Ich möchte nicht, dass du mehr als das trägst, nicht einmal deine Schuhe."

"Was ist mit meinem BH und Höschen?"

"Weder noch. Ist das ein Problem?"

Julia schüttelte den Kopf.

"Nicht."

"Gut. Zieh dich in diesem Raum an. Ich bin bald zurück, sobald ich meine Stiefel angezogen habe und diese Robe los bin."

"Gut."

"Bist du dafür bereit?" Fragte Catherine.

"Ich bin."

"Du siehst unbehaglich aus. Es ist in Ordnung, nervös zu sein. Aber wenn du nicht weitermachen willst, ist das auch in Ordnung. Ich kann immer jemanden finden und ich werde dich sogar für heute Nacht bezahlen."

Julia holte kurz Luft.

"Nein. Ich möchte das tun. Ich werde das Kleid anziehen und bereit sein, wenn du es bist."

"Ausgezeichnet", lächelte Catherine, bevor sie sich umdrehte, um wegzugehen.

Julia wurde allein im luxuriösen Gästezimmer gelassen.

Sie schaute auf das schwarze Kleid, das auf dem Bett lag und fragte sich, wie viel es wert sein würde.

Es schien teuer.

Sie senkte die Kamera, zog ihr gelbes Kleid aus und warf es auf das Bett.

Er zog seine Schuhe aus.

Schließlich zog sie, wie Catherine es verlangte, ihren BH und ihr Höschen aus und stand nackt im Raum.

Er starrte auf ihr nacktes Aussehen im Spiegel und bemerkte, wie normal sie aussah.

Sie nahm das schwarze Kleid, zog es an und sah sich dann wieder im Spiegel an.

Diesmal sah sie ganz anders aus.

Sie sah aus wie eine Frau von Klasse und Eleganz.

"Schön", sagte Catherines Stimme aus der Halle.

Julia war überrascht, dass sie sie beobachtet hatten, aber sie war sich nicht sicher, wie lange.

Seine Augen weiteten sich, als er Catherine in einem schwarzen Korsett und langen schwarzen Stiefeln sah.

Catherines Aussehen stand in krassem Gegensatz zu ihrer üblichen Berufskleidung.

"Oh danke", antwortete Julia ruhig. "Du siehst auch wunderschön aus."

"Jetzt ist die Zeit gekommen. Ich habe mein spezielles Zimmer aufgeschlossen. Es ist den Flur hinunter. Warten Sie dort mit Ihrer Kamera auf mich, und ich werde unseren besonderen Gast mitnehmen. Sie können die Bilder frei machen, wie Sie wollen. Ich werde es Ihnen nicht geben." Anweisungen, wie Sie Ihre Arbeit erledigen. Es liegt an Ihnen. "

"Dankeschön."

Catherine trat zur Seite und zeigte Julia an, dass es Zeit war, alleine in den Bondage-Raum zu gehen.

Julia atmete leise und ging mit ihrer großen Kamera in der Hand an Catherine vorbei und ging den Flur hinunter in den offenen Raum.

KAPITEL 7

Der Bondage-Raum war groß und die Wände waren mit schwarzen Polstern bedeckt.

Es war ein sehr gut beleuchteter Raum.

Julias Augen wanderten über die verschiedenen Sexartikel und Gadgets, die ausgestellt waren.

Es gab eine große Auswahl an Dildos, Sexspielzeugen, Ketten und Klammern.

Es gab einen Stuhl und einen Tisch im Raum, die die einzigen verfügbaren Möbel waren.

An der Wand hing eine große Uhr, um sicherzustellen, dass jede Sitzung genau eine Stunde dauerte.

Erst als sie das Geräusch von Catherines Absätzen hörte, die auf den Boden klickten, erinnerte sich Julia daran, dass sie einen bestimmten Job zu erledigen hatte.

Sie kamen an und Julia bereitete ihre Kamera zum Fotografieren vor.

Das erste, was Julia sah, als sie den Raum betrat, war der Mann mittleren Alters, dessen Hände immer noch gefesselt und dessen Gesicht immer noch bedeckt waren, um seine Identität zu schützen.

Julia machte ein Foto von ihm.

Dann betrat Catherine den Raum.

Er trug eine glänzende goldene Maske, die sein Gesicht bedeckte, aber seine Haare frei fallen ließ.

Die Maske sah aus, als wäre sie im 15. Jahrhundert für eine königliche Familie geschaffen worden, dachte Julia.

Julia machte Fotos von Catherine, die den Mann in den Raum führte und dann die Tür schloss.

Julia sah neugierig zu, wie der gefesselte Mann knien musste.

Catherine befahl ihm, auf die Knie zu gehen und zu schweigen.

Julia machte mehr Fotos.

Catherine ging zu ihrer Sammlung von Sexspielzeugen und suchte nach dem, was sie wollte.

Er entschied sich schließlich für einen langen fleischfarbenen Dildo.

Aber sie war noch nicht fertig.

Sie band den Dildo an einen Gürtel und legte ihn dann über ihr Lederkorsett.

Julia machte mehr Fotos.

"Bist du heute Nacht bereit?" Catherine fragte ihren unterwürfigen Mann.

"Mmm ... Hmmm ...", murmelte er als Antwort.

"Guter Junge", sagte Catherine in herablassendem Ton. "Jetzt will ich, dass dein kleiner Hintern über den Tisch gebeugt wird."

Der Mann stand auf und stellte sich auf den Tisch, den Bauch darauf und die Beine auseinander.

Der Mann bewies, dass er dies schon mehrmals getan hatte und dass er jeden Moment genoss, egal wie stürmisch oder erniedrigend die Erfahrung für einen normalen Menschen schien.

Catherine nahm eine kleine Holzschaufel und begann sanft auf den Hintern des Mannes zu klopfen.

Zuerst war es weich, als würde sie sich um sein Wohlergehen kümmern.

Mit der Schaufel begann er ihn härter zu schlagen, dann noch härter.

Der Mann begann mit dem Mund zu murmeln, als die Schläge intensiver wurden.

Julia fühlte sich fast schlecht für ihn, machte aber ihren Job und machte stattdessen Fotos.

„Magst du das, kleines Schwein?“, Sagte Catherine und fuhr mit der Schaufel fort.

"Mmm ... Hmm ..."

"Ich habe noch etwas für dich."

Catherine legte die Schaufel hin und band die Hände und Knöchel des Mannes an verschiedene Ecken des Tisches.

Er wurde erwischt.

Sein ganzes Vertrauen wurde vollständig in Catherine gesetzt.

Es war nach seinem Willen und seiner Gnade.

Er schnappte sich eine Flasche Schmiermittel und bedeckte eine große Menge mit seiner Fingerspitze.

Julia machte Nahaufnahmen von Catherines geöltem Finger.

Dann machte Julia Nahaufnahmen des Fingers, der in den Anus des Mannes eindrang.

Er stöhnte, als er von Catherines Finger durchdrungen wurde.

Dann steckte er zwei Finger ein.

Dann drei.

Julia fragte sich, ob der Mann es genoss.

Aber das ging ihn nichts an.

Julias Aufgabe war es, ein Foto von der Penetration zu machen, und sie tat es, wobei die Kamera alles aufzeichnete.

Julias Magen sank fast, als sie sah, wie Catherine sich hinter dem Mann positionierte. Der große Penis an ihrer Taille zeigte direkt auf den ausgestreckten Hintern des Mannes.

Julia war bereit zu schreien und im Namen des hilflosen Mannes auf dem Tisch zu flehen.

Sie wollte diesen Wahnsinn in seinem Namen stoppen.

Aber sie tat es nicht.

Es war nicht seine Rolle.

Ihr Mund war ungläubig offen und sie senkte kurz die Kamera, damit sie das anale Eindringen mit ihren eigenen Augen sehen konnte.

Es war ein erschütternder Anblick.

Er hob die Kamera, zielte direkt auf die anale Penetration und machte weitere Fotos.

KAPITEL 8

Montag.

Es war früh am Morgen und Julia stand in ihrem dunklen Raum und entwickelte alle Fotos, die sie für Catherine gemacht hatte.

Insgesamt gab es mehr als zweihundert Bilder.

Die ersten Chargen waren fertig.

Die Bildqualität war gut und sie bewunderte ihre eigene Arbeit.

Er wusste, dass Catherine mit der Art und Weise, wie er den Bondage-Raum eroberte, zufrieden sein würde.

Er wusste, dass Catherine auch gerne hätte, wie der unterwürfige Mann gefangen genommen wurde.

Es gab Bilder, die Catherine in ihrem Outfit festhielten, und es gab Nahaufnahmen der goldenen Maske.

Julia schaute kurz auf den Rest der Filmstreifen, die sie genommen hatte.

Er betrachtete die Bilder des Mannes, der an dem Sexobjekt saugte, verprügelt und dann für eine lange Zeit vom großen Gürtel sodomisiert wurde.

Sein Herzschlag stieg.

Dann betrachtete er die Bilder des Mannes, der von Catherine erschüttert wurde.

Er hatte eine massive Ladung Sperma auf den Boden geschossen, die er dann mit seiner Zunge reinigen musste.

Julia spürte ein brennendes Gefühl zwischen ihren Beinen.

Sie war in ihrem dunklen Raum erregt, genauso wie sie in Catherines Bondage-Raum gewesen war.

Sie knöpfte ihre Hose auf und ließ ihre rechte Hand über ihr Höschen gleiten.

Er sah zu, wie der Film entwickelt wurde, der Mann saugte auf den Knien am Dildo und berührte sich sexuell.

Er erinnerte sich an alles, was er fühlte, als er zum ersten Mal alles sah.

Sie stellte sich vor, wie er sodomisiert wurde und Catherine ihn masturbierte.

Sie berührte sich und dachte an den Mann, der an Catherines Titten saugte.

Er dachte an all die verbal erniedrigenden Kommentare, die er gemacht hatte, und an die schwierige Situation, in die er gebracht wurde.

Dann stellte sich Julia in der Position des Mannes vor.

Sie fragte sich, ob sie es genießen könnte, einen Dildo zu lutschen und in einer so erniedrigenden Position sodomisiert zu werden.

Als sie in der Dunkelkammer einen Orgasmus hatte, wurde ihr klar, dass die Antwort ja war.

DRITTER TEIL
Goldene Maske und schwarzes Kleid

KAPITEL 9

Zwei Monate später trug Julia ein neues Kleid, als sie in Catherines Büro ging.

Sie hatten sie zu einem privaten Treffen eingeladen.

Als er ohne zu zögern zu Boden ging, führte er eine kurze Diskussion mit der Sekretärin und durfte Catherines Büro betreten.

Die beiden Frauen begrüßten sich mit einer Umarmung und saßen beide auf ihren jeweiligen Sitzen. Catherine saß hinter ihrem großen Schreibtisch und Julia saß ihr gegenüber.

"Ich kann ehrlich sagen, dass Sie der beste Angestellte sind, den ich je hatte", erklärte Catherine. "Das bedeutet etwas angesichts der Anzahl qualifizierter Mitarbeiter, die im Laufe der Jahre für mich gearbeitet haben."

Ein Gefühl des Stolzes überkam Julia.

"Danke. Ich gebe mein Bestes."

"Magst du es, mich als Arbeitgeber zu haben? Ich habe den Ruf, eine echte Schlampe zu sein, was verdient ist."

"Ich glaube nicht, dass du überhaupt eine Schlampe bist", antwortete Julia spielerisch. "Ich denke, Sie sind eine starke Frau. Und Sie sind mit Sicherheit der faszinierendste Arbeitgeber, den ich je hatte. Jede Woche ist eine erstaunliche Sache. Ich liebe es. Ich freue mich immer auf unsere Treffen."

"Nun, leider werden Ihre Dienste nicht mehr benötigt", sagte Catherine in einem direkten Geschäftston. "Sie haben Ihre Hausaufgaben erledigt und alle meine Unterwürfigen fotografiert. Ich denke, Sie haben einen wunderbaren Job gemacht. Ihre Arbeit hat meine Erwartungen weit übertroffen."

Julia war überrascht.

Er hatte es geliebt, Catherines geheimes Sexleben zu genießen, zu beobachten und zu fotografieren.

Am Samstagabend in ihre Wohnung zu gehen, war ihr Nervenkitzel der Woche.

Und er masturbierte jedes Mal privat, wenn er nach Hause kam.

Er hatte auch wöchentlich Catherines Gesellschaft geliebt.

"Na ja, ich bin froh, dass dir meine Arbeit gefallen hat", antwortete Julia und versuchte, nicht am Boden zerstört zu klingen.

"Ich bin nicht der einzige, der es mag. Alle meine männlichen Unterwürfigen sind sich einig, dass Sie mit Ihrem Foto einen außergewöhnlichen Job gemacht haben. Sie erhalten dafür einen beträchtlichen Bonus. Wenn Sie mein Büro verlassen, wird meine Sekretärin dies tun und Ihnen einen Umschlag geben. mit dem Geld ".

"Das ist sehr nett von dir."

Catherine lächelte.

"Es ist kein Problem."

"Gibt es eine Möglichkeit, dass ... wir ... damit weitermachen können?" Fragte Julia mit aller Zuversicht, die sie aufbringen konnte. "Als Fotograf denke ich, dass wir noch viel mehr Dinge erforschen können, die wir noch nicht getan haben."

Catherine hob eine Augenbraue.

"Wirklich? Also will der schüchterne kleine Fotograf weiter für mich arbeiten. Das ist interessant."

"Nun, ich interessiere mich für dein Hobby", gab Julia trotz ihrer selbst zu. "Es ist etwas Faszinierendes, und ich denke, wir haben gemeinsam großartige Arbeit geleistet, um Kunst zu machen."

Catherine dachte einen Moment darüber nach.

"Ich habe vielleicht noch etwas für dich. Keine Garantien. Aber es könnte außerhalb deiner Reichweite sein."

Julias Aufmerksamkeit wurde plötzlich geweckt.

"Was ist es?"

"Der Fetisch der Sklaverei ist in der Geschäftswelt häufiger anzutreffen als man denkt. Er ist bei mächtigen Männern sehr beliebt, weil sie es lieben, die Rollen zu wechseln. Sie lieben es, verführerischen Frauen die Kontrolle zu geben, nachdem sie alle die Chefin sind. der Tag. Interessieren Sie sich bisher? "

"Versicherung."

"Großartig. Ich werde mich mit den Veranstaltern in Verbindung setzen, um zu sehen, ob Sie mitmachen können."

"Veranstaltung?" Fragte Julia.

"Ja, es ist ein kleines Ereignis, das hin und wieder passiert. Es ist im Grunde eine Sklavenparty, bei der die Reichen und Mächtigen wirklich Spaß haben, wie Erwachsene."

"Das klingt nach etwas, das ich gerne sehen würde."

Catherine lächelte.

"Du hast keine Ahnung. Es ist so schmutzig und vulgär, dass jeder maskiert ist. Alles ist völlig diskret. Außerdem ist es eine Tradition."

"Was würde ich dort machen?"

"Machen Sie Fotos. Was wäre das noch? Vielleicht möchten die Veranstalter ein paar schöne Fotos für Souvenirs oder ähnliches."

"Das kann ich definitiv", antwortete Julia. "Um ehrlich zu sein, seit ich angefangen habe, Bilder von deinen Bondage-Sessions zu machen, scheint alles andere, was ich bei der Arbeit mache, im Vergleich sehr langweilig."

Catherine lächelte.

"Ich wusste, dass es dir gefallen würde. Du bist so ein Mädchen. Wenn du mich jetzt entschuldigst, habe ich in ein paar Minuten ein Date."

"Oh, natürlich. Danke für deine Zeit."

Julia stand auf und streckte ihre Hand für einen Händedruck aus, bevor sie ging.

"Noch eine Sache", fügte Catherine hinzu. "Meine anderen Freunde spielen nicht immer legal. Wenn du also weiter für mich arbeiten willst, musst du in Sicherheit sein."

"Ich bin sicher."

Catherine nickte.

"Das habe ich mir gedacht. Wir bleiben in Kontakt. Und wir melden uns bald bei Ihnen."

KAPITEL 10

Eine Woche später.

Es war früher Dienstagmorgen.

Julia wurde durch eine Reihe von Klopfen an der Tür geweckt.

Er stand auf, sah sich kurz im Spiegel an und öffnete die Tür.

Zu seiner Überraschung war es Catherines Sekretärin, die ein kleines Päckchen in der Hand hielt.

"Guten Morgen", sagte die Sekretärin mit einem strahlenden Lächeln.

"Guten Morgen, komm rein."

Die Sekretärin betrat die kleine Wohnung mit dem Paket und Julia schloss die Tür.

"Tut mir leid, Sie so früh zu stören", sagte die Sekretärin. "Ich bin den Rest des Tages beschäftigt, also war dies das einzige Mal, dass ich hatte."

"Mach dir keine Sorgen. Willst du einen Kaffee oder ein Getränk?" Fragte Julia.

"Mir geht es gut, vielen Dank."

"Also, was bringt dich heute Morgen hierher?"

"Catherine hat die Organisatoren der Veranstaltung kontaktiert", antwortete die Sekretärin. "Jeder liebt Ihre Arbeit und denkt, Ihre Fotos wären willkommen."

"Das sind großartige Neuigkeiten. Ich würde gerne teilnehmen."

"Es gibt jedoch eine Bedingung."

"Was ist es?" Fragte Julia.

"Das Bondage-Event ist exklusiv und es ist kein Fremder erlaubt. Daher benötigen Sie eine Einweihung, bevor Sie dort Fotos machen können."

Die Nachricht weckte Julia lauter als jede Tasse Kaffee.

"Was meinen Sie?"

"Es gibt einen Einführungsprozess für neue Mitglieder. Mir wurde gesagt, dass es keinen Weg daran vorbei gibt. Sie müssen, wenn Sie weiter für Catherine arbeiten möchten."

"Nun, was erfordert diese Einweihung? Etwas Extremes?"

"Es ändert sich jedes Mal", antwortete die Sekretärin. "Ich wurde vor ein paar Jahren initiiert und es war ziemlich ruhig. Aber für andere Leute, wow. Ich wünschte nicht, es wären sie gewesen."

Julia spürte plötzlich, wie sich ihre Gedanken drehten.

Er wollte den Job mehr als alles andere und er wollte Catherine nicht enttäuschen, indem er sich weigerte.

"Sag Catherine, dass ich es tun werde", sagte Julia.

Die Sekretärin lächelte und stellte das Paket auf einen Tisch in der Nähe.

"Sie wusste, dass Sie interessiert sein würden. Das ist für Sie."

"Was ist es?"

"Öffne es und du wirst sehen."

Julia hob den Deckel der Packung und sah eine goldene Maske auf einem dünnen schwarzen Tuch.

Die Maske war elegant und ähnlich der, die Catherine während jeder Bondage-Sitzung trägt.

"Wofür ist das?" Fragte Julia und nahm die Maske, um sie zu untersuchen.

"Du musst sie zu der Veranstaltung tragen. Sie ist der gleiche Typ wie Catherine, was die Leute wissen lässt, dass du ihr Gast und ihre Unterwürfige bist."

Julia sah ihn weiter an.

"Es ist eine schöne Maske."

"Das ist es sicherlich. Es gibt auch ein Outfit im Paket. Du musst es tragen. Nichts anderes als die Absätze."

Julia hob das dünne schwarze Tuch aus der Packung.

Es war völlig transparent.

"Darf ich sonst nichts darunter tragen?" Fragte Julia.

"Nein, nichts. Die Veranstaltung beginnt am Samstag um sieben Uhr nachmittags. Ein Fahrer wird Sie um sechs Uhr abholen. Seien Sie also vorbereitet. Sie dürfen einen Mantel tragen, der Ihren Körper bedeckt, wenn Sie zum Auto gehen, aber ziehen Sie ihn einmal aus Komm zur Veranstaltung. Vergiss nicht, deine Maske und deine Kamera mitzubringen. "

"Kann ich dir eine persönliche Frage stellen?"

"Sicher", antwortete die Sekretärin.

"Glaubst du, ich kann das durchstehen? Ich meine, denkst du, ich kann damit umgehen, was auf der Veranstaltung passiert?"

Die Sekretärin lächelte.

Es gibt nur einen Weg, es herauszufinden. "

KAPITEL 11

Samstag Nacht.

Die Aufzugstür öffnete sich und Julia ging schnell durch die Lobby ihres Wohnhauses.

Sie trug High Heels und einen großen Mantel.

Darunter trug sie das transparente schwarze Kleid und sonst nichts.

Er hielt das Paket mit der goldenen Maske und einer weiteren Schachtel mit seiner Kamera in der Hand.

Sie ging so schnell sie konnte, damit niemand sie sehen konnte.

Ein schwarzes Auto wartete auf sie, und der Fahrer hielt die Tür offen.

Als er ins Auto stieg, sah er Catherine auf dem Rücksitz sitzen.

Sobald Julia Platz genommen hatte, schloss der Fahrer die Tür und ging zu ihrem Ziel.

"Du siehst in diesem Outfit süß aus", sagte Catherine. "Es ist schön dich in etwas zu sehen, das etwas sexier ist als das, was du normalerweise trägst."

"Danke. Du siehst auch toll aus."

Julias Augen wanderten über Catherines Körper, der viel nackter war.

Catherine schämte sich nicht, im Auto zu sitzen und nur ein dünnes schwarzes Kleid zu tragen.

Jede Kurve an ihrem Körper war vollständig sichtbar und ihre großen braunen Brustwarzen waren durch das dünne Material zu sehen.

"Sie scheinen ein wenig nervös zu sein", sagte Catherine.

"Mehr oder weniger. Dieser ganze Prozess ist ziemlich einschüchternd für mich. Ich habe gehört, dass es eine Einweihung gibt, die ich durchmachen muss."

Catherine lächelte.

"Du hast das Richtige gehört."

"Kannst du mir wenigstens eine Vorstellung davon geben, was passieren wird?" Fragte Julia schüchtern.

"Ich fürchte nicht, Schatz. Aber mach dir keine Sorgen. Du bist in guten Händen."

"Ich hoffe es. Gott, das ist ein bisschen beängstigend."

"Warum bist du dann hier?" Fragte Catherine unverblümt. "Was ist der wahre Grund? Es muss mehr als professionelle Neugier sein. Gib es zu, du bist eine geheime Hure."

"Ich bin keine Hure."

"Dann sollte ich vielleicht den Fahrer bitten, dieses Auto umzudrehen und es zu Ihrer Wohnung zurückzubringen.

"Warte", antwortete Julia schnell. "Ich bin hier, weil mir gefällt, was du tust. Ich finde es aufregend. Ich möchte dich weiter beobachten."

"Hast du Fantasien mitzumachen? Hast du jemals daran gedacht, verprügelt zu werden und gezwungen zu sein, einen Gürtel in eines deiner engen Löcher mit dir zu tragen?"

"Ja, ich will."

Ein böses Lächeln erschien auf Catherines Gesicht.

"Natürlich. Ich wusste, dass du von dem Tag an, an dem ich in dein Studio ging, Einreichungspotential hattest. Normalerweise sind es die ruhigen Mädchen, die sich als die größten Schlampen herausstellen."

"Ich bin keine Hure."

"Die Einweihung sollte sich darum kümmern. Denken Sie daran, niemand zwingt Sie, hier zu sein. Sie können gehen, wann immer Sie wollen."

Ein Schauer der Angst und Aufregung wurde über Julias Wirbelsäule geschickt.

Er fragte sich, worauf Catherine sich bezog, aber Catherine drehte nur mit einem leichten Lächeln den Kopf und sah aus dem Autofenster.

VIERTER TEIL
Schmerz und Vergnügen

KAPITEL 12

Sicherheitstore wurden geöffnet und das Auto durfte das große Grundstück betreten.

Das Auto hielt vor einer Villa an, und die beiden Frauen stiegen aus.

"Hier setzen wir unsere Masken auf", sagte Catherine. "Und zieh deinen Mantel aus. Zeit, deinen schönen Körper zu zeigen."

Julia zog ihren Mantel aus und warf ihn ins Auto.

Eine leichte Windbrise erinnerte ihn daran, wie verletzlich er war.

Sie spürte, wie der Raum zwischen ihren Beinen von der kalten Luft prickelte.

Ihre rosa Brustwarzen versteiften sich nach einer zweiten Brise.

Julia schloss ihre Beine fest, um ihre Weiblichkeit zu verbergen.

Beide Frauen zogen ihre Goldmasken an.

Julia griff ins Auto und griff nach ihrer Kamera.

Sie schlossen die Türen und das Auto fuhr davon.

Der Eingang zum Herrenhaus wurde von zwei kräftigen Männern bewacht.

Sie trugen auch Masken und schwiegen, als sich die beiden Frauen ihnen näherten.

"Passwort, bitte", fragte einer der maskierten Sicherheitskräfte.

"Handtuch", antwortete Catherine.

"Sie können Damen fortfahren."

Der Wachmann öffnete die Tür und sie betraten die Villa.

Julia staunte über die Extravaganz des Gebäudes.

Es sah aus, als wäre es für eine königliche Familie gebaut worden.

An den Wänden waren Gemälde, Dekorationen und Sammlerstücke ausgestellt.

Der Eingang, durch den sie eintraten, war von einem großen roten Teppich bedeckt.

Sie gingen durch eine große Halle.

"Sie müssen eine Weile im Gästezimmer warten", sagte Catherine. "Jemand wird in Kürze nach dir suchen."

Julia holte tief Luft.

"Gut."

"Es wird dir gut gehen. Beruhige dich."

"Kannst du mir sagen, was passieren wird?" Fragte Julia. "Ich wäre weniger nervös, wenn ich es wüsste."

"Nein. Warten Sie im Raum, bis jemand für Sie kommt. Lassen Sie Ihre Maske auf und lassen Sie Ihre Kamera dort. Es wird genügend Zeit geben, um später Fotos zu machen."

Catherine öffnete die Tür und bedeutete Julia, den Raum zu betreten.

Das Gästezimmer war einfach, mit einigen Holzmöbeln.

Julia holte tief Luft und trat ein.

KAPITEL 13

Er verlor den Überblick darüber, wie lange er gewartet hatte.

Sie nahm nie ihre Maske ab.

Nachdem sie sich beim Sitzen und Warten gelangweilt hatte, stand Julia vor einem Spiegel und sah sich an.

Die Maske war sehr schön.

Und er konnte nicht aufhören darüber nachzudenken, wie ihre rosa Brustwarzen und ihre Vagina durch den dünnen Stoff des Kleides sichtbar waren.

Sie fragte sich und ihre Gründe, dort zu sein.

Bevor er mehr nachdenken konnte, klopfte es an der Tür.

Eine Frau trat völlig nackt ein und trug nur eine goldene Maske.

"Folge mir", sagte die nackte Frau mit leiser Stimme.

Julia folgte ihr aus dem Raum und in den Flur.

Es war dunkler geworden.

Viele der Lichter waren ausgeschaltet worden und es brannte eine große Anzahl von Kerzen in alle Richtungen.

Auf dem Flur stand eine Gruppe maskierter Menschen.

Einige waren nackt, andere trugen Anzüge.

Sie alle trugen Masken.

Sie standen im Kreis, in der Mitte stand Catherine.

Catherine war bis auf die Maske völlig nackt.

Es war das erste Mal, dass Julia Catherines völlig nackten Körper sah.

Julia bewunderte ihre straffe Figur und die üppigen Kurven mit den großen braunen Brustwarzen.

Julia wurde in die Mitte des Kreises geführt und stand direkt vor Catherine.

Die anderen maskierten Gäste im Raum schwiegen.

"Willkommen Julia", sagte Catherine. "Das Komitee hat beschlossen, sie in unseren privaten Club aufzunehmen. Es war keine leichte Entscheidung, aber die Qualität ihrer Arbeit und ihre Diskretion haben ihren Eintritt ermöglicht. Es gibt jedoch Bedingungen für diese Annahme. Möchten Sie wissen, was sie sind?"

"Ja", nickte Julia nervös.

"Erstens müssen Sie sexuelle Unterwerfung erfahren, damit die Gruppe sie sehen kann. Zweitens muss ich während des Prozesses fünfzehn Kleidungsclips an Ihrem Körper tragen. Schließlich müssen Sie in der nächsten Stunde mindestens zweimal zum Orgasmus kommen. Alle Bedingungen sind erfüllt Obligatorisch. Sie können sie akzeptieren oder gehen. "

Julia holte tief Luft.

"Genau."

"Sagen Sie uns, warum Sie akzeptieren. Warum möchten Sie, dass Ihnen so schmerzhafte und erniedrigende Handlungen angetan werden? Sie sind ein sehr süßes Mädchen."

Julia dachte einen Moment nach.

"Ihre Sitzungen in den letzten zwei Monaten zu sehen, hat mir die Augen für etwas Neues geöffnet. Ich möchte weiterhin ein Teil davon sein."

"Auch wenn es bedeutet, diese Einweihung durchlaufen zu müssen?" Fragte Catherine.

"Ja."

"Und was macht dich das?"

"In einer Hure."

Catherine nickte.

"Zieh dein Outfit aus. Zeig uns deinen schönen Körper."

Julias Wirbelsäule war kalt.

Trotz der Masken spürte Julia, wie alle Augen im Raum erwartungsvoll warteten.

Sie zog das durchsichtige Outfit auf die Füße und stand völlig nackt da.

Sie widerstand dem Drang, ihre Beine zu kreuzen, und ließ ihren glatt rasierten Schritt unbedeckt bleiben.

Sie widerstand auch dem Drang, ihre kleinen Brüste zu bedecken und ließ ihre rosa Brustwarzen herausspringen.

Catherine trat vor und war nur Zentimeter von Julia entfernt.

Er streckte die Hand aus, berührte Julias kleine Brust und streichelte sie sanft mit seiner Hand.

Er umkreiste die rosa Brustwarze mit seinem Finger und drückte sie fest.

"Ohh ...", keuchte Julia.

"Tue ich dir weh?"

"Ein bisschen."

"Hören wir dann auf?"

Julia wusste, dass sie ihr ein subtiles Ultimatum stellten.

"Nein. Bitte hör nicht auf."

Catherine drückte die Brustwarze noch fester und ließ Julia wieder nach Luft schnappen.

"Das mag dir vielleicht zuerst nicht gefallen. Aber du ..."

Eine maskierte nackte Frau kam auf sie zu und hielt ein Kissen mit einem kleinen Haufen Wäscheklammern in der Hand.

Catherine nahm einen der Clips, öffnete ihn und legte ihn auf Julias Brustwarze.

Langsam ließ er den Clip nach und nach die Brustwarze drücken.

Catherine ließ die Klammer los, die den Nippel fest zusammendrückte und ihn anschwellen ließ.

"Es tut sehr weh", sagte Julia mit leiser Verzweiflung.

"Willst du aufhören? Die Bedingungen sind nicht verhandelbar."

"Wie lange wird der Clip dort sein?"

"Bis du heute Abend zweimal zum Orgasmus kommst. Ich kann die Dinge beschleunigen, wenn du willst. Für einen Anfänger wie dich wäre es einfacher."

"Bitte..."

Catherine suchte nach einer anderen Wäscheklammer und benutzte sie gnadenlos an Julias anderer Brustwarze.

"Ahhh ...", schrie Julia.

"Das sind bisher zwei Clips. Noch dreizehn."

"Wo wirst du sie hinstellen?" Fragte Julia fast verängstigt.

Catherine beugte sich vor und flüsterte Julia ins Ohr.

"Wie wäre es mit deinen Schamlippen? Das ist der traditionelle Ort für eine Frau. Möchtest du aufhören zu leiden oder unserem Club beitreten?"

Es war der Punkt ohne Wiederkehr.

Julia entschied sich in einem Moment, obwohl ihre Brustwarzen wund waren.

Ihre Brustwarzen färbten sich dunkelrot statt rosa.

"Ich weigere mich aufzuhören."

"Dann leg dich auf den Rücken. Und spreize deine Beine."

Julia lag mit weit gespreizten Beinen auf dem Teppichboden auf dem Rücken.

Ihre Weiblichkeit war völlig entblößt und wartete auf den Schmerz der Kleidungsclips.

Catherine kniete nieder und nahm sich Zeit, um die Muschi vor sich zu untersuchen.

Sie studierte es und bewunderte es.

Catherine nahm eine Wäscheklammer, öffnete sie und hob die linke Seite von Julias Lippen.

"Das kann ein bisschen weh tun", warnte Catherine. "Du bist eine erwachsene Frau. Also benimm dich wie eine."

Mit diesen Worten der Vorsicht ließ Catherine den Clip grausam los, was dazu führte, dass sie plötzlich ihre Lippen zusammenzog und Julia schrie.

Catherine lächelte und griff nach einem weiteren Clip, diesmal und ließ ihn sanft an ihren Lippen los.

Der Druck des zweiten Clips bewirkte, dass die Lippen ihre Form änderten.

Catherine setzte den Vorgang fort, bis die linke Seite von Julias Lippen mit Wäscheklammern bedeckt war.

"Wie fühlt sich deine Muschi an?" Fragte Catherine.

Julia legte ihren Kopf auf den Teppich und bekämpfte den Schmerz ihrer Brustwarzen und Lippen, die von den Kleidungsklammern zusammengedrückt wurden.

"Es tut mir sehr weh".

"Es zeigt, dass Sie ein Mensch sind. Ich bin stolz darauf, dass Sie so lange bestehen. Ihre Initiation ist schwieriger als die der meisten anderen, weil Ihre finanzielle Erfahrung nicht mit unserer identisch ist und Sie keine Geschichte der Sklaverei haben."

"Ich verstehe es."

"Gute Schlampe. Der schwierige Teil ist fast vorbei."

Catherine griff nach einem weiteren Kleidungsclip und legte ihn diesmal sanft auf Julias rechte Lippen.

Julia wich nicht mehr zurück und stöhnte nicht.

Sie hatte sich bereits an die Schmerzen in ihren sensiblen sexuellen Bereichen gewöhnt.

Das Muster wurde fortgesetzt, bis alle Clips an Julias Muschi verwendet wurden.

Die einst süße und attraktive Vagina war plötzlich deformiert.

Die Vaginallippen waren wie Ton in verschiedene Richtungen gespannt.

Catherine schaute in Julias rosa Muschi und sah, dass sie nass war.

"Du bist bereit für deinen ersten Orgasmus", sagte Catherine. "So ist es nicht?"

"Ich bin."

Catherine peitschte ohne Vorwarnung die Mitte von Julias Muschi.

Der Schock ließ Julia in einer seltenen Kombination aus Schmerz und Vergnügen aufschreien.

Die Prügel von Julias Muschi gingen weiter, bis Catherines Fingerspitzen mit Vaginalflüssigkeiten bedeckt waren.

"Du bist durchnässt, meine Liebe", sagte Catherine. "Ich denke du bist bereit."

Damit steckte Catherine zwei Finger in ihre Fotze und benutzte die Finger ihrer anderen Hand, um mit Julias Kitzler zu spielen.

Es war eine kraftvolle Kombination.

Seine Finger waren geschickt darin, andere Frauen sexuell zu erfreuen.

Mit den Fingern wurde auf besondere und geschickte Weise gearbeitet.

Julia stöhnte vor Vergnügen.

Sie kümmerte sich nicht mehr um die Gruppe maskierter Menschen, die sie beobachteten.

Zu diesem Zeitpunkt konnte sie nur an das brennende Gefühl in ihrer Muschi und ihren Brustwarzen denken.

Die Finger setzten ihre hektische Arbeit fort.

Catherine ging schneller und schneller mit mehr Intensität.

Julias Körper zitterte.

Sie stöhnte.

Catherine hatte das Gefühl, dass Julia kurz vor ihrem ersten Orgasmus stand, also arbeitete sie noch härter und berührte ihre heiße Muschi.

Julia wand sich, stöhnte und ihr Rücken krümmte sich.

Julia stieß einen lauten Schrei aus und ihre Finger kräuselten sich, dann entspannte sich ihr Körper.

"Das ist der erste Orgasmus bisher", lächelte Catherine und schaute auf ihre Finger, die mit Muschisaft bedeckt waren. "Jetzt ist die Zeit für den zweiten Orgasmus. Aber das wird etwas schwieriger. Du kannst aufhören, wann immer du willst. Fertig?"

"Ja."

Catherine schnippte mit den Fingern und zwei maskierte nackte Frauen kamen und wickelten Lederriemen um Julias Hände und Knöchel.

Julia wurde geführt, sich umzudrehen, so dass sie auf den Knien war.

Sie streckten Julias Hände und Knöchel aus und hängten sie an Haken am Boden.

Julia war verdeckt, völlig gefesselt und wehrlos.

"Dein letzter Test ist achtzehn Zoll an deinem Hintern. Mach dir keine Sorgen, Kitty, ich werde viel Schmiermittel für dich verwenden."

Julias Augen weiteten sich.

Die Bondage-Gurte an seinen Handgelenken und Knöcheln waren eng und er konnte nirgendwo hingehen, es sei denn, er beschloss aufzuhören, was seine Beziehung zu Catherine dauerhaft beenden würde.

Sie weigerte sich aufzugeben, selbst als sie spürte, wie Catherines Finger in ihren Arsch drückten.

Die Finger waren dick geschmiert.

Die Finger tasteten ihren kleinen Anus so weit sie konnten ab.

Catherine war nicht sehr nett.

Es war alles Geschäft für sie.

Also legte Julia einfach ihr maskiertes Gesicht auf den Boden und akzeptierte das Eindringen des Fingers in ihren Arsch.

"Ich werde den Riemen am Penis benutzen, den ich so oft bei meinen Unterwürfigen gesehen habe", sagte Catherine und beugte sich über Julias Körper. "Ich werde zuerst langsam fahren, aber ich hoffe du folgst später meinem Rhythmus."

Zu dieser Zeit hatte Julia Erinnerungen an all die maskierten Männer, die von Catherines verschiedenen Gürteln anal gefickt worden waren.

Julia hatte sich schon so oft vorgestellt, unterwürfig zu sein.

Aber sie hatte nie gedacht, dass es ihr tatsächlich passieren würde.

Die Spitze des Gurtes drückte fest gegen Julias Anus.

Catherine benutzte ihre Hände, um Julias Gesäß zu spreizen und das Sexobjekt in das kleine Loch eindringen zu lassen.

Julia stöhnte laut, als das Objekt in ihren Körper eindrang.

Es gelangte langsam in ihr Rektum.

Sie biss die Hände zusammen und biss die Zähne zusammen.

Als das Objekt seine langsame Reise in ihrem Arsch fortsetzte, öffnete sie den Mund und stöhnte auf.

Er fuhr fort, bis Catherines Schritt gegen seinen Rücken drückte.

"Tapferes Mädchen", sagte Catherine in Julias Ohr. "Die meisten Leute hätten inzwischen aufgehört. Nicht Sie. Sie sind fast fertig. Das wird sich in einem Moment gut anfühlen."

Catherine zog sich langsam aus Julias Rektum zurück, gab dann einen sanften Stoß und stieß ihn noch einmal tief hinein.

Er benutzte den Rhythmus langsam entsprechend Julias Spannung.

Jeder Stoß brachte Julia zum Stöhnen.

Julia sah sich im Raum um, als sie sodomisiert wurde.

Die maskierten Gäste schwiegen und sahen sich die Show an.

Er fragte sich, was sie von ihr halten würden.

Er fragte sich, ob sie aufgeregt waren.

Er fragte sich, ob sie auch in seinen Arsch wollen.

Der Stoß in Julias Arsch ging weiter.

Der Schmerz wurde bald von Vergnügen verbunden.

Ihre Brustwarzen und ihre Muschi waren immer noch wund von den Clips an ihren Kleidern.

Der Schmerz wuchs weiter, aber das Vergnügen glaubte auch mit gleicher oder größerer Intensität.

Ihr Anus schmerzte immer noch von dem 6-Zoll-Sexspielzeug, und sie war nicht ganz daran gewöhnt.

Aber in ihr wuchs ein seltsames Vergnügen.

Es war aufregend, von allen gesehen anal gefickt zu werden.

Es war sensationell.

Die Stöße wurden schneller und tiefer.

Catherine zeigte weniger Gnade und weniger Zärtlichkeit und er begann wirklich unhöflich gegenüber Julia zu sein.

Julia wurde wie eine von Catherines Unterwürfigen behandelt, was ein Kompliment an Julia war.

Das bedeutete, dass Catherine wusste, dass Julia stark und würdevoll genug war, um eine anale Bestrafung zu erhalten.

"Ich kann spüren, wie dein Orgasmus näher kommt", sagte Catherine, als sie drückte. "Komm für mich, Liebes. Tu es und trete unserem Club bei."

"Ich versuche es", keuchte Julia.

"Vielleicht hilft das, Kitty."

Catherine griff darunter und begann mit Julias Kitzler zu spielen, während sie sie sodomisierte.

Julias Sexualität wurde von allen Seiten angegriffen.

Ihre Brustwarzen schmerzten.

Seine Lippen schmerzten.

Sein Anus und sein Rektum wurden gnadenlos geschlagen.

Jetzt wurde ihr empfindlicher Kitzler massiert.

"Oh mein Gott!!!" Julia stöhnte.

Der Rücken der jungen Frau krümmte sich heftig, und ihre Hände und Füße ballten sich mit aller Kraft.

Flüssigkeiten sprudelten aus ihrer Muschi und bedeckten den Boden.

Zum zweiten Mal trat er erneut vor alle.

"Herzlichen Glückwunsch", sagte Catherine und rieb sich Julias Haare. "Sie sind jetzt Mitglied unseres Clubs."

Catherine entfernte langsam das Sexspielzeug von Julias Hintern und stand auf.

Sie beobachtete Julia auf dem Boden.

Julia war von der Zeit sexuell erschöpft und kehrte langsam zu sich zurück.

Die anderen maskierten Frauen kamen, um Julia zu lösen und die Klammern von ihren Brustwarzen und ihrer Fotze zu entfernen.

Julia stand auf und die anderen maskierten Gäste im Raum klatschten ihrem neuesten Mitglied zu.

EPILOG

Sechs Monate später.

Julia trug ein schönes Kleid, während sie im Aufzug wartete.

Sie hielt einen großen gelben Umschlag in der Hand.

Als er seine Wohnung erreichte, begrüßte er die Sekretärin mit einem vertrauten Lächeln.

Dann ging er in Catherines Büro.

Witze wurden ausgetauscht und Catherine öffnete den Umschlag, um die neu entwickelten Bilder zu betrachten, während sie sich beide hinsetzten.

"Du hast dich selbst übertroffen", sagte Catherine und sah sich die Fotos an. "Exquisite Arbeit. Die Kamerawinkel, die Beleuchtung, das Wetter. Diese sind perfekt. Unsere Freunde im Club werden sie lieben."

"Danke. Ich hoffe es gefällt euch."

"Es ist eine Schande, dass diese Bilder privat bleiben müssen. Ihr Talent als Fotograf sollte von viel mehr Menschen anerkannt werden."

"Ihre Anerkennung ist genug", sagte Julia kühn.

Catherine lächelte.

"Was für ein süßes Mädchen."

"Ich habe gesehen, wie mein Scheck auf den Schreibtisch der Sekretärin gelegt wurde. Ich bin sicher, es ist eine weitere großzügige Zahlung, für die ich sehr dankbar bin. Aber heute habe ich etwas mehr erwartet ... extra ..."

Catherine bückte sich in ihrem Büro, um ihr Höschen unter ihrem Rock auszuziehen.

"Sehr gut. Sie haben 30 Minuten vor meinem nächsten Treffen."

"Dankeschön."

Julia näherte sich beiläufig dem Schreibtisch.

Sie versuchte ihre Ungeduld zu verbergen, aber beide wussten, wie Julia sich wirklich fühlte.

Catherine spreizte die Beine und sah, wie Julia auf die Knie ging.

Das Limit war dreißig Minuten, also verschwendete Julia keine Zeit damit, die Muschi ihrer dominanten Herrin zu essen, bis sie den Punkt des Orgasmus erreichte.

ENDE

SEHR DOMINANTE UND HEIẞE EXEKUTIVE FRAU

KAPITEL 1

Es gibt Zeiten in Ihrem Leben, in denen Sie sich am Rande befinden.

Ihr Magen fühlt sich an, als würde er von einer Herde Elefanten zerquetscht, und Sie sind sich nicht sicher, ob das morgendliche Aufwachen das Beste für Sie ist.

Ich bin derzeit in diesem Umstand.

Es ist, als wäre ich am Rande einer Klippe.

Ich schaue ängstlich auf die gezackten Felsen unten und bete für einen Lebensretter.

Es tut noch mehr weh zu wissen, dass ich wahrscheinlich viele gute Leute vor mir habe.

Menschen, die keine Ahnung haben, dass sie am Rand derselben Klippe balancieren.

Ich lächelte und nickte Janeth, unserer Sekretärin, zu, als sie an ihrem Schreibtisch vorbeiging.

Ich habe sie wochenlang davon überzeugt, ihre sichere, gut finanzierte Position in einer Anwaltskanzlei zu verlassen und zu uns zu kommen.

Die Versprechen von Aktienoptionen und Reichtum jenseits ihrer Träume überzeugten sie schließlich, das Risiko einzugehen.

Sie war wunderbar organisiert, jemand, den wir dringend brauchten.

Wenn Sie Ihren Schreibtisch überprüfen würden, könnten Sie sicher sein, dass alles ordentlich und ohne Risse wäre.

Mein Herz blieb für einen Moment stehen, als ich die Fotos ihrer drei Kinder in der Ecke ihres Schreibtisches sah.

Eine alleinerziehende Mutter mit allen damit verbundenen Tests.

Und ich werde sie und ihre Kinder über die Klippe bringen.

Mir war wieder schlecht.

Ich ging in mein Büro, eher wie ein Kubikmeter in der Mitte des Großraumbüros.

Von hier aus konnte ich die gesamte Firma überprüfen.

Ich setzte mich einfach auf und machte einen Dreihundertsechzig-Grad-Check, um zu sehen, dass alle hart arbeiteten.

Ich setzte mich und versteckte mich.

Alles wird am Montag zusammenbrechen.

Er war sich nicht sicher, ob er die Gehaltsabrechnung bezahlen konnte.

Stress trifft mich in einer Welle.

Ich blieb schnell stehen, um auf meinen Mülleimer zu schauen, und warf mein Frühstück weg.

Janeth rannte hinein, während er damit beschäftigt war, die Plastikfolie zu schließen.

"Geht es Ihnen gut, Mr. Carrington?" sie fragte mit mütterlicher Sorge.

'Nein, ich werde mich von einer Klippe werfen, nachdem ich sie alle überfahren habe', dachte ich bei mir.

"Mit meinem Frühstück stimmte einfach etwas nicht", log ich.

"Es gibt da draußen eine Art Grippe", fügte Janeth hinzu, "vielleicht sollte sie sich einen Tag frei nehmen und gesund werden."

Die Idee, sich zu Hause zu verstecken, war sehr attraktiv, aber sie konnte nichts von zu Hause aus tun.

Er brauchte gestern mehr Investitionskapital.

Alle meine normalen Kanäle waren ausgetrocknet.

"Nein, mir geht es gut", sagte ich, "ich werde das ein bisschen waschen und gleich zurück sein."

Sie versuchte nicht zu atmen, als ich mit dem Mülleimer in meinen Händen vorbeikam.

Janeths besorgter Blick war schwer zu ignorieren.

Ausgerechnet sie hatte das genaueste Bild vom Zustand des Unternehmens, aber sie wusste nicht, dass die Zahlung eines Darlehens von einer halben Million Dollar am Montag fällig sein würde.

Sie wusste jedoch, dass die Bank und ich einige hitzige Anrufe hatten.

"Es gibt keine Erweiterung" war das letzte Wort.

Es brauchte keinen Gedankenleser, um herauszufinden, dass etwas nicht stimmte.

In einer Stunde hatte ich ein Treffen mit einem ziemlich heiklen Risikokapitalgeber.

Es war ein zufälliger Schuss, aber er musste irgendwo schießen.

Zu diesem Zeitpunkt war er bereit, alles mit jedem zu handeln, der bereit war, die Finanzen zu stützen.

Ich brauchte nur Zeit.

Es dauerte nur sechs Monate, bis ein guter Cashflow erzielt wurde.

Ich kam an Ralph Seams und seinen vielen Quellcode-Bildschirmen vorbei.

Der Mensch lebte in einer binären Welt.

Es mitzunehmen war einer meiner besten Siege.

Er hatte keine Ahnung, wie er mit vier Flachbildschirmen voller Kauderwelsch umgehen sollte, aber seine Magie schien immer zu wirken.

Ich schaffte es kaum ins Badezimmer, als ich mich an sein neues Auto, sein neues Haus und seine neue Frau erinnerte.

Es revolutionierte meine Galle auf die schmerzhafteste Weise.

Ich habe den Schmerz verdient.

Es hätte mehr weh tun sollen.

Das Schiff sank und ich hatte vergessen, Rettungsboote zu kaufen.

Ich brauchte ein paar Minuten, um mich wieder zu beruhigen.

Ich wusch mein Gesicht und zuckte bei meinen roten, schlaflosen Augen zusammen.

Es war nur einen Schritt davon entfernt, in einem Kapitel von 'The Walking Dead' ein Extra zu sein.

Kein Wunder, dass Janeth dachte, sie hätte die Grippe.

Ich spülte ein paar Dutzend Mal meinen Mund und strich meine Haare glatt.

Der Mann im Spiegel sah zehn Jahre älter aus als vor einem Monat.

Ich holte ein paar Mal tief Luft und senkte meine Herzfrequenz auf ein überschaubares Maß.

Ich war der Kapitän dieses sinkenden Schiffes.

Er musste es zusammenhalten.

Ich war zuversichtlich, dass jeder sehen musste.

Es war das, worüber er nachdenken musste, als er beim nächsten Treffen zu beeindrucken versuchte.

Er wollte, dass ich wieder derselbe bin.

Die treibende Kraft, die dies zusammengestellt hatte, war furchtlos.

Ich habe das Unvermeidliche im Hinterkopf behalten.

Es war erst Mittwoch, und es blieb genügend Zeit, um ein Chaos von einer halben Million Dollar zu beheben.

Nachdem ich einen Morgen voller Selbstverachtung abgeschüttelt hatte, stürmte ich aus dem Badezimmer.

Er hatte ein Lächeln für alle.

KAPITEL 2

Als Virginia Buttingson die Büros betrat, verstummte der normale Lärm des Ortes.

Sie war eine imposante Frau und kontrollierte eine große Menge Risikokapital.

Sie war gekleidet, um in einem engen dunkelblauen Rock und einer eleganten weißen Bluse mit einem ausgestellten roten Schal zu erobern.

Er trug einen Ledergürtel mit ineinandergreifenden Ringen und band sein Outfit mit einer kurzen, abfallenden dunkelblauen Anzugjacke zusammen.

Ihr akribisches braunes Haar war halb gekräuselt, von ihrem Gesicht getrennt und mit einer kleinen dunkelblauen Schleife hinter ihren Schultern gehalten.

Starker roter Lippenstift und dunkle Wimperntusche verleihen ihr einen anspruchsvollen Look.

Er schien Anfang vierzig zu sein.

Seine scharfen Augen schienen jede Ecke des Büros zu kritisieren.

Hinter Mrs. Buttingson gingen drei Personen mit dem typischen Aussehen von Anwälten: alle Männer und alle in schwarzen Anzügen.

Sie blockierten fast den Flur und wurden in den Konferenzraum geführt.

Ich holte tief Luft und brachte mein geschäftliches Selbst an die Oberfläche.

Es fühlte sich wirklich so an, als hätte ich ein paar Typen in Anzügen hinter mir, also fühlte ich mich nicht zahlenmäßig überlegen.

Die Einführung verlief reibungslos und ich nahm an einer Katzen- und Hundeausstellung teil.

Ich habe 30 Minuten lang vorgestellt, um die Machbarkeit unserer Cloud-basierten Softwarelösung zu fördern.

Er hatte alle Zahlen und Diagramme im Auge, zusammen mit einer Fülle von Marketingdaten, wunderbar entwickelten Kostenstrukturen und einer A-Grade-Partnerliste.

Ich wollte gerade eine Demo der eigentlichen Software starten, als ich plötzlich gestoppt wurde.

"Er sagt mir nichts, was ich nicht weiß", sagte Buttingson unverblümt.

Ich wartete darauf, dass sie fortfuhr und sagte mir möglicherweise, was sie wissen wollte.

Stattdessen erhielt ich tödliche Stille und seine starken Augen füllten mein vorheriges Vertrauen mit Löchern.

"Welche zusätzlichen Informationen suchen Sie, Miss Buttingson?" Ich habe ihn bestmöglich gefragt.

Ich hielt mein Gesicht ruhig und wollte, dass sie sah, dass nichts, was sie sagen oder tun könnte, mich beunruhigen würde.

"Seine Verzweiflung", antwortete sie schnell.

Seine Augen verließen meine nie und es gab keinen Humor auf seinen Lippen.

Sie war in mich eingedrungen.

"Ich bin nicht sicher, ob ich weiß, was du meinst", antwortete ich und versuchte mich zu behaupten.

Visionen von meinem Frühstück im Müllcontainer trafen mich erneut.

"Können wir einen privaten Moment haben?" Es war eine Bestellung für seine drei Schattierungen schwarzer Anzüge.

Sie standen als eine auf und verließen den Raum.

Als sich die Tür hinter ihnen schloss, kehrte ihre Aufmerksamkeit zu mir zurück.

"Bis Montag sind Sie fertig. Sie werden hierher kommen und all diesen Leuten, die ihr Vertrauen in Sie setzen, sagen, dass Sie sie verarschen. Meine Buchhalter sagen mir, dass Sie nicht einmal in der Lage sein werden, die endgültige Gehaltsabrechnung durchzuführen."

Mein Magen sandte ein bisschen Galle aus.

Ich würgte sie wieder.

"Ich weiß nicht, woher Sie Ihre Informationen haben, aber ..." Ich wollte die Firma verteidigen, aber sie hielt mich mit erhobener Hand auf.

"Gib mir keine beschissene Entschuldigung." Er schien meine Probleme im Detail zu kennen. "Aber ich kann alles zum Verschwinden bringen. Du wirst nachts gut schlafen und diese Leute werden dich nicht als Abschaum von der Unterseite ihrer Schuhe betrachten. Wir müssen uns nur abfinden."

Scheiße, ich war nicht bereit dafür.

Sie wusste, dass sie mich gefangen hatte und dass ich im Begriff war, auf kapitalen Weg vermasselt zu werden.

Ich habe mich in meinem Leben noch nie so klein gefühlt.

Ich richtete mich auf und war auf der Hut.

"Woran denkst du?"

Ich würde keine Zeit mehr damit verschwenden, mehr Make-up auf die Dinge aufzutragen.

Sie wusste bereits, dass sie im Dunkeln schwamm.

"Ich habe zwei Möglichkeiten für dich, von denen dir keine gefallen wird", erklärte sie entschlossen. "Bei der ersten Option warte ich bis Montag, wenn die Bank Ihr Darlehen anfordert und ich die Reste des Unternehmens abhole. Ich denke, Sie haben hier ein gutes Produkt und sollten es innerhalb von sechs bis zwölf Jahren rentabel machen können. Ich kann die Gehälter der Mitarbeiter kürzen, die für mich nützlich sind, und die verbleibenden entlassen. Es wäre keine Win-Win-Situation, da jeder Sie für die Katastrophe verantwortlich machen wird. "

Ich erwartete ein böses Lächeln, aber ich sah nur das gleiche Geschäftsgesicht.

Er hasste sie dafür, dass sie das Geld hatte, um so grausam zu sein.

"Das wäre sehr unangenehm", sagte ich fest.

Jetzt habe ich ein Lächeln bekommen.

Sie war nicht böse, sie war eine Gewinnerin.

Ich glaube, sie hat meine Verzweiflung genossen, wollte mir aber einen Ausweg geben.

Ich musste nicht lange auf Option zwei warten.

"Bei der zweiten Option unterschreibe und erweitere ich Ihr Darlehen und gebe Ihnen zusätzlich fünfhunderttausend Betriebskapital."

Sein Lächeln nahm zu.

Bis jetzt war ich bei dieser Option bei ihr.

Ich habe auf den Teil "Erpressung" gewartet.

"Im Gegenzug habe ich einen Anteil von neunundvierzig Prozent und ..." Er machte eine Pause und senkte seine Stimme, "einige zusätzliche Überlegungen."

Sie könnten mit dem Verlust von Aktien leben.

Er hatte wirklich keine andere Wahl und war überrascht, dass sie das Interesse des Unternehmens nicht kontrollieren wollte.

Das verbleibende Kapital von einundfünfzig Prozent war eine willkommene Überraschung, aber die "zusätzlichen Überlegungen" klangen fast illegal.

Ich habe Gesetze umgangen, war aber nicht dafür, sie zu brechen.

"Definieren Sie 'zusätzliche Überlegungen'", fragte ich in einem weniger maßgeblichen Ton.

Sie stand auf und ging unprofessionell auf mich zu.

Sein Lächeln ging von gewinnend zu grausam und traf seine Augen.

"Männer wie du faszinieren mich." Sie bewegte ihr Gesicht unangenehm nahe an meins. "Sie sind klug, motiviert und lieben es, die Verantwortung zu übernehmen. Dies wird letztendlich zum Erfolg Ihres Unternehmens führen. Ich mag es, mit Männern wie Ihnen umzugehen. Nicht geschäftlich, sondern privat."

Er machte eine Pause und ich schluckte.

Ihre Fersen ließen ihre Augen mit meinen gleich werden, was es schwierig machte, sich überlegen zu fühlen.

"Ich gebe dir was du willst und ich nehme was ich will."

Er drehte sich plötzlich um, kehrte zu seinem Platz zurück und setzte sich.

Ich bemerkte, dass es einen leichten moschusartigen Geruch hinterließ.

"Im Vertrauen?"

Ich wollte, dass das klar ist.

Er war sich nicht sicher, was ihn erwarten würde, aber es musste besser sein, als Janeth zu sagen, dass sie arbeitslos war.

"Sehr privat."

Sein Lächeln und seine Augen wurden weicher.

Sie waren fast einladend.

"Ich kann nicht versprechen, dass es dir gefallen wird, aber ich werde es tun."

Er konnte nicht glauben, dass er darüber nachdachte.

Sie war nicht mehr hart für ihre Augen und sie war nicht mehr so alt.

Sie konnte mich nicht länger als zehn Jahre mitnehmen.

"Was würde von mir erwartet werden?" Ich fragte nach.

Er schluckte immer noch schwer.

Er war es nicht gewohnt, so außer Kontrolle zu sein.

Vielleicht wäre eine Insolvenz besser.

Sein Lächeln wurde lustvoll.

"Du wirst meine gehorsame Hure sein", sagte er und zuckte die Achseln. "Ein paar Mal im Jahr, bis mir langweilig ist. Die anderen Handelsabkommen bleiben erhalten, wenn ich mit Ihnen fertig bin."

Das Wort "Hure" hallte in meinem Kopf wider.

"Sie werden mir vierundzwanzig Stunden lang vollständig gehorchen; es wird kein dauerhafter körperlicher Schaden auftreten, aber nur mein Vergnügen wird von Bedeutung sein."

KAPITEL 3

"Ich bin nicht sicher, ob ich das liefern kann."

Ich hatte die Idee, ein wenig zu verhandeln, vielleicht ein paar Grenzen zu setzen.

"Es ist alles oder nichts, Mr. Carrington. Tauschen Sie einen kleinen persönlichen Stolz mit mir aus, und Ihr öffentlicher Stolz bleibt erhalten."

Sie ließ nichts offen für Verhandlungen.

Ich wurde so oder so geschraubt.

"Ich brauche eine Entscheidung. Ich bin nicht interessiert, wenn er nicht voll engagiert ist."

Er hatte nicht zu viele Möglichkeiten und er hatte auch keine Zeit.

Ich stellte mir vor, mich der Verlegenheit des Bankrotts zu stellen und meine Mitarbeiter zu scheitern.

Die Zeit und das Betriebskapital, die es bot, würden das Unternehmen zum Leuchten bringen wie nie zuvor.

Ich könnte vierundzwanzig Stunden lang eine Hure sein.

Ich bin süchtig nach Erfolg.

"Deal erledigt", war alles, was ich sagte.

"Gut", sagte er und griff in seine Aktentasche, "hier ist ein Schlüssel mit meiner Adresse. Er wird diesen Samstag um 9:00 Uhr dort sein. Niemand sonst sollte über diesen Teil unserer Vereinbarung Bescheid wissen." Sie schenkte mir wieder dieses warme, einladende Lächeln. "Rufen wir die Jungs an, um den Papierkram zu erledigen."

Ich nahm den Schlüssel und steckte ihn in meine Tasche.

Ich war bestürzt zu entdecken, dass Mrs. Buttingson in den Dokumenten alles klargestellt hatte.

Sie könnte das Recht ausüben, am kommenden Montag alles ohne Angabe von Gründen zu verlassen.

Plötzlich hatte ich das Gefühl, sie würden mich bei der Hand nehmen.

Und mit den anderen im Raum war unser Gespräch weniger offen.

"Es ist so, dass ich das Wochenende haben muss, um über die Optionen nachzudenken", sagte er. "Ich muss sicherstellen, dass wir beide unsere Verpflichtungen erfüllen können."

"Wie schützt das meine Interessen?" Ich antwortete: "Ich beabsichtige, alle mündlichen und schriftlichen Vertragsbedingungen vollständig umzusetzen. Ich habe keine Garantie dafür, dass dies auch der Fall ist."

Ich hatte keine Ahnung, wie ich das nötige Vertrauen aufbauen sollte, um uns beide glücklich zu machen.

Nach diesem Wochenende konnten wir das nötige Vertrauen haben, aber heute gab es wenig davon.

"Ich werde Ihr Darlehen in gutem Glauben und ohne Verpflichtungen um einen Monat verlängern lassen", antwortete sie.

"Akzeptiert." Ich lächelte.

Sein Wochenende ist es vielleicht nicht wert, für einen weiteren Monat ausgehalten zu werden, aber zumindest gab mir das Zeit, eine andere Lösung zu finden, wenn dies alles auseinanderfiel.

Ich war erstaunt, wie schnell sie den Kredit mit nur einem Anruf verlängern konnte.

Ich hatte es vier Monate lang versucht und auf taube Ohren gebeten.

Ein Anruf von ihr und ich hatten noch dreißig Tage.

Sie müssen diese Art von Macht respektieren oder hassen.

Und ich habe mich ein paar Minuten später für die Prostitution angemeldet.

Es war nicht in den Vereinbarungen geschrieben, aber es hing wie ein Amboss über mir.

Ich war sein oder ich würde in der Möglichkeit sein, von den Menschen, die ich mit mir in den Ruin schleppte, zu Tode geschlagen zu werden.

Ich nahm ein Gewicht von meinen Schultern, aber ein anderes nahm seinen Platz ein.

Wir verabschieden uns mit der Herzlichkeit, ein neuer Geschäftspartner zu sein.

Mein Unternehmen würde überleben, solange ich seine Bedingungen akzeptieren könnte.

KAPITEL 4

Der Samstag kam viel schneller als ich es gerne gehabt hätte.

Wie bereitest du dich darauf vor, eine "gehorsame Schlampe" zu sein?

Ich hatte keine Ahnung, dass ich jemals zuvor eine solche Firma gesucht hatte.

Diese Art von Gesellschaft war frustriert von meiner Niedlichkeit und meinem Wunsch nach Vorspiel.

Ich denke immer, dass Frauen zerbrechlicher sind als sie wirklich sind.

Ich meine, ich nehme sie genauso gerne mit nach Hause wie jeder andere.

Ich brauche nur zuerst deine Erlaubnis.

Ich duschte, rasierte mich und schnitt überschüssiges Haar ab.

Ich habe eine ganze Menge Deodorant verwendet und nach der Rasur etwas gespritzt.

Zumindest würde es nicht schlecht riechen.

Ich hatte keine Ahnung, was ich anziehen sollte.

Ich entschied mich für Freizeitkleidung.

Es war für die meisten Gelegenheiten gut und nahm achtzig Prozent meiner Garderobe ein.

Die anderen zwanzig Prozent bestanden aus Jeans und T-Shirts.

***

Ich kam bei seinem Haus vorbei und erwartete, ein großes Herrenhaus zu finden, und entdeckte etwas viel weniger Prunkvolles.

Es war ein einfaches zweistöckiges Backsteinhaus im Kolonialstil.

Es hatte vier zweistöckige Säulen, die das Dach über der Veranda stützten.

Ein gepflegter Rasen und Zementtöpfe voller Blumen ließen es ordentlich aussehen.

Die Bäume waren alle altmodisch und gaben dem Haus eine angenehme Aussicht.

Ich parkte in der Einfahrt und klingelte.

Mrs. Buttingson öffnete mir die Tür mit einem angenehmen Lächeln.

"Nun, du bist ein bisschen früh dran. Bitte komm rein", sagte er, als er die Tür öffnete.

Die Eingangshalle bestand aus zwei Etagen mit einem riesigen Kronleuchter an der Decke.

Es hatte Hunderte von facettenreichen Kristallen, die das Morgenlicht reflektierten.

Es sah so aus, als wäre der Boden aus einer einzigen Marmorplatte gefertigt, ganz weiß mit schwarzen Adern, die nicht von Wand zu Wand brachen.

Alles sah auf reichhaltige Weise protzig aus.

Sogar die Rahmen, die das offensichtlich teure Kunstwerk stützten, fügten sich perfekt in das Raumgefühl ein.

Eine schöne Holztreppe führte vom zweiten Stock hinunter.

Das einzige, was fehl am Platz zu sein schien, war ein großer, leerer Weidenkorb neben der Haustür.

"Nervös?" Sie fragte.

"Besorgt", antwortete ich.

Ihre Lippen waren so rot wie bei unserem ersten Treffen.

Die Farbe ihres Lippenstifts kollidierte hart mit ihrer blassen Haut.

Sie hatte ihre Haare zu einem einzigen Zopf zusammengefasst, der in der Mitte ihres Rückens lief.

"Kraftvoll attraktiv" kam mir in den Sinn.

"Sei nicht so. Ich werde dir sagen, was ich will. Denk nicht nach, mach es einfach." Sie schenkte mir wieder dieses freundliche Lächeln. "Es ist eine Kontrollsache, ich mag es, die Controller zu kontrollieren."

Jetzt war er nervös.

"Haben wir sichere Worte oder so?"

Er hatte ein bisschen über Herrschaft recherchiert.

Ich hatte gedacht, dass sie dorthin gehen würde, und hatte mir das gerade bestätigt.

"Immer wenn Sie das Gefühl haben, dass es zu viel ist, können Sie ohne Probleme weitermachen", sagte er ohne ein Lächeln, "aber das würde natürlich unsere Vereinbarungen zunichte machen."

Ich lächelte über die Situation.

Manchmal muss man nur in die Löcher gehen, die man gräbt.

Sie müssen es nur mit Zuversicht tun.

"Ich denke, ich gehöre ganz dir", sagte ich mit einem Achselzucken.

"Ich würde gerne dieses Lächeln von deinem Gesicht wischen", enthüllte sie.

Sein Lächeln war jetzt größer als meins und es war nicht mehr freundlich.

Ich habe meine gezwungen, es zu erhöhen.

Wir werden sehen, wie viel von mir sich ändern kann.

Sie lachte über meinen Lächelnkampf.

"Ich wusste, dass du Spaß machen würdest."

Die große Uhr oben auf der Treppe begann die Zeit zu bestimmen.

"Ich will alle deine Sachen in diesem Korb haben. Dort sollten sie sein, bis du gehst", sagte er und zeigte auf den Weidenkorb.

Es war jetzt in seiner Macht und es war ein Befehl.

Einfach, dachte ich.

Ich legte meine Schlüssel, mein Telefon, meine Uhr und meine Brieftasche in den Korb und drehte mich um, um sie mir anzusehen.

"Ich sagte all deine Sachen, Schlampe!" Sie bestellte.

Sein Tonfall überraschte mich.

Aus irgendeinem Grund dachte ich, dass dies etwas herzlicher sein würde.

Ich biss die Zähne zusammen, als mir klar wurde, dass er sich auf meine Kleidung bezog.

Ich wusste, dass wir rechtzeitig dazu kommen würden, aber ich dachte an das Schlafzimmer oder so.

Ich reichte mir das Poloshirt über den Kopf und warf es in den Korb.

Es störte mich, dass ich mich so schnell bewegt hatte, um seine Forderung zu stellen.

Ich wurde langsamer und gemächlicher: mein Tempo.

Ich kniete nieder und löste beiläufig meinen Schuh.

Ich hörte das Summen, bevor ich den scharfen Stich auf meinem nackten Rücken spürte.

"Scheisse!" Ich schrie eher überrascht als schmerzhaft.

"Schneller, du bist in meiner Powerschlampe!" sie korrigierte.

Ich sah das Gesicht eines Dämons an.

Dieselben roten Lippen, einfach in einem Ausdruck des Bösen gespitzt.

In seiner Hand ein schwarzes Pferd, ungefähr zwei Fuß lang.

Am Ende war ein geschlungenes Stück Leder.

Das war der Punkt, an dem ich anfing, die Vernunft des von mir getroffenen Deals wirklich in Frage zu stellen.

Die Uhr hatte noch nicht einmal ihr neuntes Glockenspiel beendet und er hatte ernsthafte Vorbehalte.

Ich hatte mein Lächeln verloren.

"Und es wird keine ekelhaften Ausbrüche mehr aus deinem Mund geben", fuhr er fort, "du wirst mich als Herrin ansprechen. Verstehst du?"

Ich hatte eine Vision im Kopf, aufzustehen und meine Faust auf diese üppigen roten Lippen zu schlagen.

Aber ich sah Janeth weinen und Ralph versuchte seine neue Frau zu trösten.

Mein Magen drehte sich um.

"Ja", sagte ich leise und beschleunigte mein Ausziehen.

Das Knacken war lauter und ich zuckte zusammen, bevor es mich traf.

Ich hielt einen Sturm von Sprengstoff zurück und stieß nur ein kleines Grunzen aus.

"Wenn das?" gefordert.

Es war totale Unterwerfung.

Es war gegen alles in meinem Wesen.

Vierundzwanzig Stunden?

Er war sich nicht sicher, was es nach der ersten Minute schaffen würde.

"Ja, Herrin", murmelte ich.

Ich warf schnell meine Schuhe und Socken in den Korb und stand auf, um meine Hose auszuziehen.

Sein Lächeln war zurückgekehrt.

Zurück zu dem warmen und einladenden Lächeln.

Zur Hölle, er hatte ihr gefallen.

Ich zog es vor, dass sie verärgert war.

Er war wütend und es war nur fair, dass sie auch litt.

Ich zog meine Boxer und Hosen in einer Bewegung aus.

Ich habe sie nicht in den Korb gelegt.

Stattdessen warf ich sie mit einer angewiderten Haltung weg.

Ich musste es nicht mögen.

Der Korb rutschte ein paar Zentimeter von der Kraft entfernt.

Ich erhielt ein sarkastisches Lächeln.

Ich war mir nicht sicher, ob es meine Einstellung oder die Tatsache war, dass mein jetzt exponierter Schwanz kein großes Interesse an der Situation zeigte.

"Auf den Knien!" gefordert.

Ich fiel schnell zu Boden, der kalte Marmor quetschte meine Knie.

Ich behielt meinen angewiderten Ausdruck bei und sah ihm trotzig, so viel ein nackter Mann konnte, in die Augen.

"Schau runter!" Sie bestellte.

Diesmal bewegte ich mich langsam.

Ich versicherte mich, bevor ich ihn bedrohlich ansah, als meine Augen von seiner über seine Brust, an seinem Becken vorbei und zu seinen Füßen endeten.

Sie war ziemlich schlank und fit für vierzig.

»Vierzigjährige Hure«, korrigierte ich mich.

Er beugte sich neben mein Ohr.

"Bleib so. Während ich mich vorbereite, denke an eine gute Entschuldigung mit dem Korb für das, was passiert ist", flüsterte er laut.

Sein heißer Atem ließ mich kalt werden.

Seine Worte ließen Wut durch mein Blut strömen.

Scheiße, wenn ich mich für einen Korb entschuldige.

Sie ging zur Treppe.

KAPITEL 5

Der Fuchs ließ mich dort und kniete fünfzehn Minuten lang auf dem kalten Marmor.

Ich wusste es, weil ich betrogen habe, indem ich auf die Uhr oben auf der Treppe geschaut habe.

Ich musste meine Rebellion zeigen, wo ich konnte.

Es waren nur noch dreiundzwanzig und drei Viertel Stunden übrig.

Mein Kopf war gesenkt, aber meine Augen leckten heimlich, als der Dämon die Leiter herunterkam.

Ich erwartete eine Art enges schwarzes Latex-Outfit mit langen spitzen Absätzen.

Aber ich hatte nicht erwartet, was die Treppe herunterkam.

Ich war völlig nackt.

Nichts, nicht einmal Schmuck oder Ornamente.

Seine Hand hielt immer noch selbstbewusst die verfluchte Peitsche.

Ich verfluchte meinen Schwanz, als er bei jedem Schritt leicht auf ihre hüpfenden Brüste reagierte.

Sie ging die Treppe hinunter und zeigte deutlich die Ergebnisse ihres Trainingsprogramms.

"Schlampe, Schlampe, Schlampe", korrigierte ich mein Gehirn.

Mein Schwanz ignorierte mich wie ein schleimiger Verräter.

Er stand vor mir, mein Kopf zeigte auf seine Füße, meine Augen suchten zwischen seinen Beinen.

Er hasste mich dafür, dass ich sehen wollte.

Da war es, zwei Fuß entfernt, ein schöner haarloser Schlitz, nackt wie am Tag ihrer Geburt.

Ich schluckte, bevor ich sabberte und meine Augen zurück auf den Boden zwang.

'Schlampe, Schlampe, Schlampe. Und meinen tückischen Schwanz ficken. '

"Ihre Entschuldigung?" Es klang wie eine Frage, aber er wusste, dass es ein Befehl war.

Ich hatte völlig vergessen, mir einen auszudenken.

Es ist nur ein Korb voller Scheiße.

"Entschuldigung, Korb", murmelte ich.

Er konnte nicht glauben, wie peinlich es war, es zu sagen.

Der Schnappschuss warnte mich noch einmal, was kommen würde.

"Das ... klingt nicht ... aufrichtig!"

Er betonte jedes Wort mit einer stechenden Peitsche von der Peitsche bis zu meinem Oberschenkel und meiner Seite.

Einer nach dem anderen war es überschaubar.

Ich kniff unwillkürlich die Augen zusammen und schätzte die Schläge kaum.

Visionen, das Ding aus seiner Hand zu nehmen und über seinen Körper zu peitschen, überfluteten mein Gehirn.

Warum stimme ich dem zu?

Er machte eine Pause, ich nahm an, er würde mich es noch einmal versuchen lassen.

Ich ließ meine Augen ein wenig nach oben gehen, um zu sehen, ob ein weiterer Schlag kommen würde.

Was ich sah, war etwas, das auf die Lippen ihrer Vagina schien.

Mein Schmerz machte sie an.

Dies war ein Verlust-Verlust, egal wie ich reagierte.

"Es tut mir so leid, Korbdame. Ich werde dich nie wieder missachten."

Ich zog es von meinem Kopf und sprach es deutlich aus.

Die Hexe duckte sich auf mein Niveau.

Ich sah kurz, wie sich ihre Unterlippen teilten und zeigte die nasse rosa Blume.

Sie hob mein Kinn und zwang meine Augen zu ihren.

"Ich glaube dir", sagte er mit diesem liebevollen Lächeln.

Verdammt, ich habe sie wieder glücklich gemacht.

Und diese verdammt leuchtend roten Lippen waren nur Zentimeter von meinen entfernt.

Ich wollte sie zwischen meinen Zähnen haben, damit ich beißen und sehen konnte, ob ihr Blut so rot war.

Ich war mir sicher, dass meine Wut auf meinem Gesicht offensichtlich war.

Sein Lächeln nahm zu, als seine Augen zwischen meine Beine fielen.

Mein Schwanz hatte beschlossen, meine Wut zu ignorieren und seine Nacktheit zu genießen.

"Berühre das und ich werde dir den wahren Zorn zeigen", unterstrich sie mit rubinroten Lippen.

Sie betonte ihren Standpunkt, indem sie meine Erektion leicht mit dem Lederende der Peitsche berührte.

Ich zuckte bei den Implikationen zusammen.

Mein tückischer Schwanz bewegte sich bei der Aufmerksamkeit.

"Fick mich" war alles, woran ich denken konnte.

Sie stand auf und neigte meinen Kopf zu Boden.

Meine Augen wanderten zurück zu ihren Füßen und bemerkten, dass ihre Zehennägel makellos mit einer leuchtend roten Politur bemalt waren.

"Folge mir", befahl er und ging zur Treppe.

"Ja Ma'am", sagte ich ohne nachzudenken.

Ich ballte die Hände, um mich dafür zu bestrafen, dass ich auf sein Spiel hereinfiel.

Meine Beine schmerzten, als ich aufstand.

Sie genossen die kniende Position nicht wirklich und beschwerten sich, bis ich sie wieder aufrichten konnte.

Als ich die Treppe hinaufstieg, floss das Blut durch sie und sie erlangten ihre Kraft zurück.

Ich folgte ihr unbehaglich die Stufen hinauf.

Ich stellte mir Situationen mit einer Art Folterkammer vor.

Und ihren engen Arsch zu sehen, half der Situation überhaupt nicht.

Bei jedem Schritt schwankte er nach links oder rechts, prallte aber nie ab.

Es war wie ein festes Kissen, das darum bettelte, gestreichelt zu werden.

Ich hielt meine Hände ruhig und versuchte verzweifelt, den Anblick zu ignorieren.

"Schlampe, Schlampe, Schlampe."

KAPITEL 6

Ich folgte ihr den Flur entlang zu einem Raum am anderen Ende.

Die Besorgnis traf mich wieder hart.

Genau dort wäre ein privater Sexraum.

Weg von dem üblichen Weg, auf dem Gäste wahrscheinlich nicht stolpern würden.

Mein Herz beschleunigte sich ein bisschen.

Die Idee, mit der dämonischen Hexe unter voller Kontrolle an ein seltsames Artefakt gebunden zu sein, war keine sehr angenehme Idee.

Ich könnte unterwürfig spielen, aber ich glaube nicht, dass ich den ganzen Weg gehen könnte.

Ich verlangsamte meine Schritte und versuchte mir Zeit zum Nachdenken zu geben.

Nicht einmal eine volle Stunde war vergangen.

Ich sah sie im Raum verschwinden.

Ich blieb stehen, schloss die Augen und versuchte zu überlegen, wie weit ich gehen wollte.

Er war bereit weiterzumachen, solange er ihn aufhalten konnte, wenn er wollte.

Das war die Grenze, die er nicht überschreiten wollte.

Versklavt zu sein war keine Option.

Selbst wenn er in der Schlange auf Arbeitslose warten musste, würde er ihr das nicht geben.

Mein Stolz kam stark zurück.

Ich ging mit einem Ziel vorwärts.

Dies begann jetzt zu enden.

Ich ging in den Raum und verlor den Überblick über meine Gedanken.

Das Zimmer war hell und geräumig.

Zwei französische Türen öffneten sich zu einem Balkon, der mit bunten Blumentöpfen bedeckt war, die dem Raum sein Parfüm verliehen.

Es gab eine weiße Kommode mit Flaschen und Lotionen und einen Stapel frischer weißer Handtücher.

In der Mitte des Raumes stand ein Massagetisch.

Und sie lag mit dem Kopf auf einem kleinen Kissen auf dem Bauch und starrte mich wie Dolche an.

"Beweg dich, Schlampe!" Sie spuckte aus, "das heiße Öl ist auf der Kommode."

Eine Massage könnte es tun.

Wenn Sie ihren bösen Augen aus dem Weg gehen würden, würde sie auf dem Tisch umwerfend aussehen.

Sie hatte die richtige Kurve im unteren Rücken, um ihren Hintern zu betonen.

Ich lächelte über mein Glück.

"Es tut mir leid, Herrin", sagte ich und bewegte mich schnell durch das Öl.

Sie schlug mir mit der Peitsche auf den Arsch, als ich vorbeikam.

Also schauderte ich ein wenig, was sein Bestrafungsbedürfnis zu befriedigen schien.

In Wahrheit steckte keine Kraft dahinter.

Wenn Sie darüber nachdenken, war ich jetzt verantwortlich.

Seine Haut war meiner Gnade ausgeliefert.

Ich war nicht einmal angewidert von meinem Schwanz, als er sich Mühe gab, die Schönheit vor mir hervorzuheben.

Ich warf mir ein Handtuch über die Schulter und zog den Heißölspender von der Heizung.

Ich konnte den Lavendelduft riechen, den das Öl ausstrahlte, als ich zum Tisch ging.

"Beginne mit meinen Armen", sagte er leise.

Er stellte die Peitsche an ein Ende des Tisches und legte beide Arme an die Seiten.

Ich beträufelte meine Hände mit Öl und rieb sie aneinander, um eine schöne, gleichmäßige Verbindung zu erhalten.

Ich begann mit meinen Daumen an seiner rechten Hand, speziell an der Handfläche.

Er wusste ein oder zwei Dinge darüber, wie man eine Massage gibt.

Ich hatte einige sehr gute und erinnerte mich, wie es gemacht wurde.

Ich hatte einmal eines auf einem Kreuzfahrtschiff, das mich praktisch in den Himmel brachte.

Diese ältere Frau in den Sechzigern hatte die Hände eines Engels.

Sie verwandelte alle meine Muskeln in Gelee.

Diesmal würde er versuchen, seine Talente zu verdoppeln.

Mrs. Buttingson stöhnte, als ich meine Daumen über ihre Handfläche zog.

Ich fühlte, wie die Muskeln in seiner Hand ihren Stress abbauen.

Nach einer weiteren Ölschicht ging ich zum Handgelenk, knetete sanft und erhöhte langsam den Druck, als ich den fleischigeren Unterarm erreichte.

Ich sah zu, wie sie langsam atmete und sie ihren Kopf für ihren Komfort neu justierte.

Sie fiel in meinen Händen auseinander.

Ich trug mehr Öl auf und arbeitete in langsamen Kreisen um ihren Bizeps, während ich ihren Hintern betrachtete.

Es war wirklich eine Sache von völliger Schönheit.

Ich bewegte mich um seinen Kopf herum, an der Peitsche vorbei, zu seiner linken Hand.

Ich wiederholte den Vorgang an diesem Arm mit mehr Stöhnen des Teufels als Antwort.

Mein Kopf schwebte mit der Vision, die Peitsche zu packen und ein paar schöne Streifen auf ihren festen Arsch zu malen.

Zu diesem Zeitpunkt wurde mir klar, dass ich etwas nervös wurde.

Ich war ungefähr fünfzehn Minuten dabei und es fühlte sich an, als wäre ich seit einem Jahrhundert bei diesem Spiel.

"Hör auf meinen Arsch anzusehen", befahl er.

Mir wurde klar, dass seine Augen in meine schauten.

"Es ist schwer, Herrin zu ignorieren", sagte ich und lächelte.

Ich denke, zwei könnten dieses Spiel spielen.

Er hatte nichts Schlechtes gesagt und ihr nur ein verschleiertes Kompliment gemacht.

Vielleicht dachte er, er hätte ihr gesagt, dass sein Hintern in Ordnung sei oder zu groß, oder er meinte nur, er sei nackt.

Ich konnte die Gedanken hinter seinem Blick sehen und ich genoss seine Verwirrung.

Ich bewegte mich über seinen Kopf, bedeckte meine Hände mit mehr Öl und begann an seinen Schultern zu arbeiten.

"Warum ist es schwer zu ignorieren?" fragte er in einem Ton, der ein bisschen bedrohlich klang.

Die lange Verzögerung zwischen meiner Aussage und Ihrer Frage war köstlich.

Alle Frauen zweifeln an ihrem Körper.

Sogar eine reiche und mächtige Schlampe wie sie.

Ein Raketenwissenschaftler brauchte nicht, um zu wissen, dass er eine Schwachstelle getroffen hatte.

"Ich bin nicht derjenige, der es dir sagt, Herrin."

Ich bin ihm ausgewichen wie ein Diener des frühen 19. Jahrhunderts.

Er hatte wenig Macht in der Beziehung, aber er würde greifen, was er konnte.

Ich wusste, dass das in meinem Gesicht explodieren könnte, aber was zur Hölle.

Einige Risiken machen mehr Spaß als andere.

Sie stöhnte, als ich fest hinter ihren Ohren und entlang ihres Halses knetete.

"Hör auf herum zu ficken und antworte", seufzte er.

Es war schwer für sie, wütend zu werden, während sie an ihrem Hals arbeitete.

Er konnte fühlen, wie die Muskeln ihren Wunsch verloren, wach zu bleiben.

"Nun, es fällt ein bisschen auf, Ma'am", ich nutzte die Chance.

Er wusste, dass sich die Situation im Moment dem schlechten Ende des Spektrums näherte.

Ich konnte fühlen, wie sich die Muskeln unter meinen Fingern anspannten.

Möglicherweise hat es das Necken etwas zu weit gebracht.

Ich lehnte mich an sein Ohr und flüsterte:

"Weil es verdammt perfekt ist."

Ich habe die Herrin weggelassen, nur um mich über sie lustig zu machen.

Ich wollte sehen, wie er mit einem Kompliment umgehen würde, das mit Ungehorsam vermischt war.

Er hob langsam seine Hand, griff nach der Peitsche und berührte leicht meinen Oberschenkel.

"Es ist verdammt perfekt, Herrin", wiederholte ich.

"Dann hast du meine Erlaubnis, meinen Hintern anzusehen", sagte er schläfrig und legte die Peitsche und seine Hand wieder auf den Massagetisch.

Ich sah ein halbes Lächeln und wusste, dass unter seinem harten Äußeren eine schüchterne Frau lag.

Ein Punkt für mich.

Ich fing an, an seinem Rücken zu arbeiten.

Ich legte meine geölten Hände über ihren Hintern über ihren Rücken.

Dann ging ich an den Seiten nach oben zurück und kratzte kaum an den Seiten ihrer zerquetschten Brüste.

Meine Fantasie kam auf und ich sah diese rubinroten Lippen, die meinen Schwanz umkreisten, als ich mich auf seinem Rücken hin und her bewegte.

Es hätte nur eine kleine Neigung seines Kopfes gebraucht, um es zu tun.

Ich ging schnell zu seiner Seite zurück, um das Bild aus meinem Kopf zu bekommen.

Ich hatte ein großes Bedürfnis, mit meiner Erektion fertig zu werden.

Ich verbrachte weitere zehn Minuten auf seinem Rücken, bevor ich aufstand.

Wenn Sie jemanden wirklich entspannen möchten, probieren Sie eine Heißölmassage auf den Fußsohlen.

Ich habe sie fast eingeschlafen, während ich an ihren Zehen gearbeitet und ihre Sohlen mit meinen Daumen gerieben habe.

Ich konnte sogar meine Erektion beruhigen, zumindest bis ich aufblickte.

Eingebettet zwischen ihren Schenkeln, direkt unter ihrem perfekten Hintern, war ein Teil ihrer intimen Blume freigelegt.

Ich fühlte, wie ein Stich meinen Schwanz wieder erregte.

Ich versuchte wegzuschauen, aber auf den freiliegenden Lippen schimmerte es gemütlich.

Ich war nass und ich war höllisch heiß.

Wunderschöne Lippen, perfekter Arsch und glänzende Muschi, das war mehr als ein Mann ertragen sollte.

Ich zwang mich, auf ihre Füße zu schauen und verdoppelte meine Bemühungen.

Es dauerte nicht lange, bis meine Augen zur Spitze ihrer Schenkel zurückkehrten.

Meine Eier fingen bereits an zu schmerzen.

Ich trat zur Seite und begann an seinem Unterschenkel zu arbeiten.

Sie stellte ihre Position auf dem Kissen mit geschlossenen Augen wieder her.

Ich konnte jetzt nur ihren wundervollen Arsch sehen.

Beide Lippen waren vor mir verborgen, was ein bisschen half.

Ich habe mich dem Geschäft zugewandt.

Ich dachte darüber nach, was mit dem neuen Betriebskapital getan werden könnte.

Es könnte das Marketing und damit den Umsatz steigern, sobald wir wieder auf dem richtigen Weg sind.

Ich könnte Ralph um Hilfe bitten und die endgültige Entwicklung beschleunigen.

Es gab ein Unternehmen, das sich auf Benutzeroberflächen spezialisiert hatte, um die Benutzererfahrung zu verbessern.

Diese Gedanken verminderten nicht die Schwellung, aber sie beruhigten den unmittelbaren Drang.

Noch fünfzehn Minuten und nur ihr Arsch war nicht geölt.

So sehr ich dieses enge Fleisch kneten wollte, ich dachte nicht, dass meine armen Eier es aushalten könnten.

Ich war mir auch nicht sicher, ob seine Rückkehr mir einen Gefallen tun würde.

Vielleicht würde die Stunde, die er bereits mit ihr verbracht hatte, ausreichen.

"Du ignorierst wissentlich meinen Arsch", sagte er abweisend.

Ich hörte für einen Moment auf zu atmen, als ich seine straffe Perfektion betrachtete.

Es war Zeit für ein bisschen Wahrheit.

"Es ist nur so, dass ich explodieren werde, Herrin", sagte ich widerwillig.

Er hoffte, dass sie etwas Gnade zeigen würde.

Verdammt, das würde mich beruhigen.

Er hob träge den Kopf und sah zwischen meine Beine.

Ich folgte seinem Blick.

Es gab eine lange Kette von klarem Precum von der Spitze meines Schwanzes bis zum Boden, die in einer kleinen Pfütze endete.

"Oh", sagte sie mit wenig Mitgefühl, "um Ihrer Mitarbeiter willen hoffe ich, dass Sie nicht alles verlieren, bevor die Zeit abläuft." Sie legte ihren Kopf auf das Kissen. "Mach weiter mit der Arbeit."

"Verdammte Hure!" Ich sagte mir.

Ich hätte es fast laut gesagt, aber sein Hinweis auf meine Mitarbeiter ließ mich zurückhalten.

Sie war eine sexy und böse Dämonenhure.

Ich war noch nie in meinem Leben so niedrig.

Ich beschichtete meine Hände wieder mit Öl, schloss die Augen und knetete das prächtige Gesäß.

Ich versuchte mir vorzustellen, wie ich Pizzateig knete.

Es hat nicht funktioniert.

Am Ende biss ich mir auf die Innenseite meiner Wange, bis ich Blut schmeckte.

Er hasste sie damals aus Leidenschaft.

Ich begann zu denken, dass meine früheren Gedanken an den Dungeon vorzuziehen gewesen wären.

Der Schmerz half, also biss ich mir auf die Zunge.

Schwierig.

Ich trug mehr Öl auf und beschloss, für Aufsehen zu sorgen.

Diesmal fuhr ich mit der Seite meiner Hand zwischen ihren Pobacken, absichtlich entlang ihres Anus.

Ich habe es nicht zärtlich gemacht und nicht so getan, als wäre es ein Unfall.

Ich sah seine Füße springen.

Nicht mehr von dieser langsamen, süßen Scheiße.

Mein Schwanz brachte mich um und Wut und Schmerz waren die einzigen Dinge, die mir eine leichte Pause gaben.

Übrigens zog ich meine Hand zum Spalt und stellte sicher, dass ihr Anus nicht ignoriert wurde.

Ich sah, wie sich sein ganzer Körper zusammenzog und sein Kopf angehoben wurde.

Sie rollte sich auf die Seite, ihren Arsch außer Reichweite.

"Auf den Knien!" Sie schrie.

Ich fiel auf die Knie und ließ meine Augen auf den Boden fallen.

Er konnte nicht glauben, wie schwer er atmete.

Zumindest konnte er ihre Nacktheit nicht mehr sehen.

Mein armer Schwanz bewegte sich und bat um Erleichterung.

Ich schloss die Augen und betete um Schmerz.

Ich hörte das Summen und zuckte nicht zusammen, als es mich auf den Rücken traf.

Ich habe den Schmerz genossen.

Ich stützte mich darauf.

Es war eine wundervolle Ablenkung.

Ein Geräusch kam aus meinem Mund, kein Stöhnen, sondern ein Stöhnen der Erleichterung.

Ein weiteres Summen, stärker als das erste, zischte an meinem Ohr vorbei und schlug mir in die Brust.

Diesmal gab ich ein "ahhh" ab, als das Blut von meinem Schwanz in meinen Körper zurückfloss.

Es gab keinen dritten Treffer, obwohl ich mir einen dritten gewünscht hatte.

"Mehr", bat ich ihn.

Ich musste meine Lust verlieren.

Ich war so weit gekommen, dass ich beschlossen hatte, jetzt nicht aufzuhören.

Ich wollte, dass mir die Leidenschaft genommen wird.

Er antwortete mir schweigend.

Ich öffnete meine Augen und sah auf.

Sie stand in ihrer nackten Pracht vor mir, mit diesen vollen rubinroten Lippen und ihrer schwarzen Peitsche in der Hand.

Er hatte Verwirrung im Gesicht.

Ich mochte es nicht, obwohl ich wusste, dass ich musste.

"Bitte", bat ich ihn erneut.

Ich hatte Angst, dass meine Teile brechen würden.

Ich wollte zum ersten Mal in meinem Leben meine Erektion verlieren.

Er hob die Peitsche, überlegte es sich besser und ließ sie neben sich fallen.

"Augen runter! Bleib so!" Er bestellte und verließ dann den Raum.

KAPITEL 7

Ich habe keine Ahnung, wie lange es weg war.

Er wusste nur, dass die Stille und der Mangel an visueller Stimulation langsam alles wieder normal machten.

Meine Herzfrequenz sank und ich fühlte mich wieder ruhig.

Zu der Zeit fiel es mir schwer zu verstehen, wie ich zu dem Punkt kam, an dem ich darum bat, verprügelt zu werden.

Ich behielt das Wissen, dass sie offensichtlich nicht gern gefragt wurde.

Er hatte noch einen kleinen Scheck bekommen.

Als der Dämon zurückkam, kniete ich immer noch und starrte auf den Boden.

Es war damals eine Art therapeutische Position für mich.

Es erlaubte mir, ohne Ablenkung zu denken, und die leichten Schmerzen in meinen Knien halfen mir, aus meiner Situation vor dem Orgasmus herauszukommen.

Sie lehnte sich zurück auf den Tisch.

"Du wirst von vorne anfangen", sagte sie, "du wirst ruhig bleiben und deine Finger werden liebevoll sein."

Es scheint, dass sie ihrer Dominanz Grenzen gesetzt hatte.

Ich glaube, sie hat mein Limit gefunden und war bereit, zurückzutreten, aber sie würde es nicht zugeben.

Ich war überrascht, das Wort "Liebe" zu hören.

Das schien nicht zu dem Arrangement zu passen, das sie sich ausgedacht hatte.

Und es war einfach keine gute Beschreibung dessen, was er tat, als ich seinen Arsch angriff.

Ich stand auf und beugte meine Knie, um das Blut wieder in meine Beine zu bekommen.

Sie war großartig dort zu liegen.

Ihre Brüste hatten sich leicht zu den Seiten entspannt und ihre Haare flossen über das Kissen und auf den Boden.

Sie hatte das Geflecht entfernt, das ihrem Haar eine attraktive Locke verlieh.

Aber ich war etwas gestresst.

Diese Frau rechnete.

Ich habe mir selbst versprochen, vorsichtig zu bleiben.

"Wo würde meine Herrin gerne anfangen?"

Es war zurück zu Beginn des 19. Jahrhunderts.

Ich lächelte und fühlte mich wieder mehr wie ich.

"Arme, Schultern, Brüste, Bauch und dann die Muschi. In dieser Reihenfolge", stellte sie ohne Vorbehalt fest.

Mein Schwanz zuckte zusammen.

Du Schlampe, dachte ich.

Sie versuchte provokanter zu sein.

Sie würde mich dazu bringen, zurück zu kommen, um mich anzuziehen.

Sie würde mich mit Angst "töten".

Als sie "Liebe" sagte, wollte sie langsam töten.

"Ja, Herrin", antwortete ich.

Ich habe meine Hände geölt und versucht, an Baseball zu denken.

Er hasste Baseball.

Ich ging langsam in ihren Armen zur Arbeit, wie sie es verlangte.

Ich konnte meine Augen von seinen Teilen lassen und mich nur darauf konzentrieren, wo meine Finger waren.

Er wusste, dass dies nur funktionieren würde, bis es an ihren Brüsten ankam, aber es funktionierte gerade.

Mein Schwanz war ziemlich ausgelaugt und ich wünschte, ich könnte mich zurückziehen.

Aus dem Augenwinkel sah ich ein wissendes Lächeln.

"Schlampe, Schlampe, Schlampe."

Als ich zu seinen Schultern kam, musste ich auf seinem Kopf stehen.

Meine periphere Sicht erfasste ihre rubinroten Lippen und Brüste.

Mein Schwanz respektierte das so sehr, als wäre es ein Zeichen der Ermutigung.

Ich atmete langsam und versuchte meine Herzfrequenz zu verlangsamen.

Ich senkte meine Augen und sah nur ihre Lippen.

Diese zwei schönen rubinroten Lippen.

Sie leckte sie sehr leicht.

Ich sah ihm schnell in die Augen und sah Humor in ihnen.

Dann seufzte sie und teilte sanft ihre Lippen.

Er blinzelte lange, als er sah, dass mein Schwanz wieder zu wachsen begann.

Zumindest könnte seine Erschöpfung seine Wiedergeburt etwas verlangsamen.

Als ich ihr wieder in die Augen sah, biss sie sich zärtlich auf die Unterlippe.

"Herrin, bitte", bat ich.

Sie hatte mich und sie wusste es.

Ich hätte versuchen sollen, härter zu verhandeln, vielleicht weniger Zeit öfter an Terminen.

Vierundzwanzig Stunden schienen jenseits der normalen männlichen Ausdauer zu liegen.

"Meine Brüste jetzt."

Sie ignorierte meine Bitten und hielt den Druck aufrecht.

Sein Lächeln nahm wieder diese böse Qualität an.

Ich trug eine neue Schicht Öl auf meine Hände auf.

Ich blieb stehen, um sicherzustellen, dass sie gut bedeckt waren.

Ich brauchte so viele Blocker, die mir helfen konnten.

Ich beugte mich vor und fühlte dabei, wie sein aufgerolltes Haar die Spitze seines Schwanzes kitzelte.

Ich wäre fast aus mir herausgesprungen, als ich die sanfte Liebkosung ihrer Zöpfe spürte.

Ein kleines halbes Kichern entkam den Lippen der Hündin.

Ich begann mich neben ihn zu bewegen, weg von diesen kitzelnden braunen Strähnen.

"Bleib wo du bist und konzentriere dich auf die Brustwarzen", befahl er. "Und mit Zärtlichkeit", fügte sie hinzu und erinnerte sich wahrscheinlich an meinen vorherigen Job.

Ich versuchte mein Becken in keiner Weise zu bewegen und begann zärtlich ihre Brüste zu massieren.

Ich lege die Brustwarzen vorsichtig zwischen Daumen und Zeigefinger.

Ich fühlte, wie seine Haare durch meine wachsende Erektion krabbelten.

"Hmm, das fühlt sich gut an", flüsterte sie, als sie langsam ihren Kopf nach links und rechts bewegte und ihre Haare hin und her zog.

"Herrin, bitte", bat ich sie erneut.

Mein Schwanz begann seine frühere Kraft zu gewinnen, so dass die Situation an Angst grenzte.

Er war sich nicht sicher, wie viel er nehmen konnte, bevor der physische Schaden wieder einsetzte.

Ich meine, Ballschmerzen waren eine Sache, aber Missbrauch musste sich nachteilig auf die Elternschaft auswirken.

"Der Bauch jetzt", befahl er und zeigte auf ihre rechte Seite.

Ich seufzte, als ich mich schnell zur Seite bewegte und mein Öl auffrischte.

Er wollte dort so viel Zeit wie möglich verbringen.

Wenn Sie Ihre Augen richtig zusammenknicken, können Sie einen kleinen Sichttunnel bilden, der Ihre periphere Sicht fast vollständig aufhebt.

Ich habe diese Fähigkeit in diesem Moment gelernt.

Ihre Titten und ihre Muschi verblassten und ich konzentrierte mich glücklich auf ihren Bauch.

Sie musste den Erfolg jedes Übungsprogramms schätzen, an dem sie teilnahm.

Ich konnte die Muskeln unter der Haut fühlen.

Wenn sie ein Mann wäre, hätte sie ein Super-Plus-Paket gehabt.

"Ich denke, als Mann hast du Gedanken über meine frechen Brüste", sagte er im Gespräch, "du möchtest wahrscheinlich wissen, wie es wäre, deinen Schwanz zwischen sie zu schieben."

Die Visionen drangen wieder in mein Gehirn ein.

Ich senkte die Augen und sah nichts als glatte, glänzende Brüste.

"Oh Gott!" Rief ich aus, als das Blut meinen Schwanz wieder überflutete.

Sie ignorierte meinen Mangel an Unterwürfigkeit in meiner Sprache.

"Ich vermute, es wäre warm, wenn dein Schwanz zwischen ihnen gewickelt wäre. Wie lange denkst du, könntest du durchhalten, bevor du dich auf meinen Lippen entleerst?"

Sein Ton war lässig.

Meine Knie wurden schwach und mir war etwas schwindelig.

Ich schloss die Augen und begann zu hyperventilieren.

Ich kämpfte hart, um das Bild ihrer mit Sperma bedeckten Lippen aus meinem Kopf zu bekommen.

Es ist äußerst schwierig, an so etwas nicht zu denken, wenn sie Ihnen davon erzählen.

"Öl in meiner Muschi jetzt", befahl sie.

Er hob die Knie und spreizte die Schenkel.

Ich habe hart gearbeitet, um meine Erektion mental zu schwächen, während ich meine Hände wieder geölt habe.

Und es scheiterte kläglich.

"Ich mag es sehr, weil du nie weißt, was passieren kann."

Mein Schwanz tauchte bei seinen Worten wieder auf.

Ich bückte mich fast, um es zu leeren.

Eine Million Dollar: Das bedeutete sein Beitrag plus die Laufzeit des Kredits.

Es war nur ein Hardball-Fall von einer Million Dollar.

Ich biss mir auf die Zunge und massierte so zärtlich wie möglich das Öl in ihre Fotze.

Ich fühlte jedes Wappen und das Geben und Nehmen ihrer zarten, weichen Lippen.

Aber ohne etwas zu sehen, hielt er die Augen geschlossen.

"Benutze beide Hände. Ich möchte, dass du mir einen schönen langsamen Orgasmus gibst", befahl er.

Ich machte mich an die Arbeit, holte tief Luft, hielt jeden Atemzug einige Sekunden lang an und ließ ihn dann langsam los.

Meine linke Hand war damit beschäftigt, ihre Kapuze zu testen, um ihren Kitzler zu erregen.

Ich steckte langsam zwei Finger meiner rechten Hand in ihre warme Öffnung.

Sie brauchte kein Öl, ihre Qual an mir war genug, um ihren gesamten Kanal zu durchnässen.

"Ja, das fühlt sich gut an", ermutigte sie, "so nett und langsam."

Er würde es nicht schaffen.

Selbst mit geschlossenen Augen wussten meine Sinne, wo meine Hände waren.

Ich würde meine Ladung werfen und ich würde meinen Schwanz niemals berühren.

Es gab nur eine Lösung.

"Du bist eine Schlampe!" Ich kündigte an und bewegte meinen Hintern zum Kopf des Tisches.

Das Zischen der Peitsche war fast augenblicklich.

Sie wartete darauf, dass ich mich trennte.

Dieses Mal gab ich ihm, was er wollte, ich schrie vor Schmerz, als die Peitsche meinen Arsch fand.

Ihre Hüften ruckten hoch.

Ich schrie erneut, als der zweite Schlag landete und spürte, wie sich ihre Muskeln gegen meine Finger spannten.

Die Peitsche schlug auf den Boden, als ihr Orgasmus die volle Kontrolle über ihren Körper übernahm.

Meine linke Hand bewegte sich schnell und spielte mit ihrem Kitzler, während meine rechte ihre Finger tiefer drückte.

Ein lautes Stöhnen hallte auf den Balkon und ihr Rücken krümmte sich.

Das Stöhnen stieg und fiel in der Frequenz, als Wellen des Vergnügens durch ihren Körper strömten.

Ich kämpfte darum, den Angriff mit meinen Fingern zu halten.

Als ihre Hüften sanken, reduzierte ich meine linke Hand auf sanfte Bewegungen.

Mein Recht ging zu einer langsamen inneren Massage.

Sie seufzte laut und ließ ihre Knie fallen.

Mein Bedürfnis hatte sich leicht verringert, als ich mich auf ihr konzentriert hatte.

Eine seltsame umgekehrte Beziehung.

Ich entfernte vorsichtig meine Hände, als sein Atem langsamer wurde.

Ich sah auf seinen schlaffen und gesättigten Körper hinunter und fand ihn irgendwie wunderschön.

Ich bückte mich und hob die Peitsche vom Boden auf.

Wie ein Idiot gab ich es ihm.

"Ich hoffe, meine Herrin vergibt mir, dass ich sie eine Schlampe genannt habe", sagte ich mit falscher Aufrichtigkeit. "Ich hatte das Gefühl, ich brauchte ein wenig ... Ermutigung."

Er war bereit für ein paar weitere Schläge, gut platziert.

Es war es wert, ihn wissen zu lassen, dass er seine Aufmerksamkeit hatte.

Überraschenderweise nahm sie die Peitsche und tätschelte meinen Unterarm.

"Dieser Moment war ausgezeichnet", sagte er mit seinem warmen, einladenden Lächeln.

Ich schob zärtlich eine verschwitzte Haarsträhne von der Vorderseite ihres Gesichts bis hinter ihr Ohr.

Er hatte das starke Verlangen, diese rubinroten Lippen zu küssen.

Ich schüttelte den Kopf und sah weg.

Die Schlampe hatte mich über eine Stunde lang gefoltert.

Ich würde ihn jetzt nicht mögen.

Ich werde darüber nachdenken, ihn am Montag zu mögen, wenn ich eine Million Dollar habe.

Vierundzwanzig Stunden schienen plötzlich nicht mehr so imposant zu sein.

KAPITEL 8

Er saß auf der Tischkante.

"Du wirst mich jetzt baden", sagte sie, als sie sich wieder beherrschte.

Ich betete, dass mein Schwanz dies als klinische Operation sehen würde.

Ich war wirklich besorgt darüber, wie viele unbefriedigte Erektionen ein Mann an einem Tag haben kann.

Vielleicht könnte ein Schwanz aufgeben und nie wieder aufstehen.

Ich war kein Fan dieser Verleugnungsscheiße.

Als er aufstand, rutschte sein Fuß auf etwas auf dem Boden.

Ich sah, wie sich sein Hinterkopf schnell bewegte, um auf den Tisch zu schlagen.

Ohne nachzudenken, ging ich hinüber und sie landete sicher in meinen Armen.

Ich seufzte erleichtert.

Das Adrenalin, das in mein System gepumpt wurde, ließ mich ein bisschen zittern, als ich sie aufstand.

Ich merkte nicht einmal, dass wir nackt waren und dass ich ihre Brüste hielt, bis ich sie losließ.

Es war heute das zweite Mal, dass ich Verwirrung in seinen Augen sah.

Für einen kurzen Moment verlor sie die Kontrolle und ich wurde der Controller.

Ich weiß nicht, warum ich das Bedürfnis hatte, in Schwierigkeiten zu geraten, aber ich tat es.

"Hat die Herrin Probleme, Danke zu sagen?"

Ich lächelte, als ich es sagte.

Es war ein schiefes Lächeln, das eine Ohrfeige verdient hatte.

Ich wollte ihre Geduld festigen, da sie die ganze Zeit mit meiner gespielt hatte.

Ich habe etwas erhalten, was ich nicht erwartet hatte.

"Danke, Richy", sagte sie aufrichtig.

Er beugte sich vor und küsste meine Stirn.

Es war die Art von Kuss, die eine Mutter einem Kind geben würde.

Der Unterschied war, dass meine Mutter noch nie so sinnliche rubinrote Lippen hatte.

Ich stützte mich auf sie und wünschte, sie wäre mehr als der Kuss, der sie war.

"Jetzt mach den Boden sauber. Dein Schwanzsabber hat mich fast umgebracht."

Seine Stimme kehrte sofort zu der Hündin zurück.

Ich schnappte mir ein sauberes Handtuch und wischte auf Händen und Knien die kleinen Spuren von Precum ab, die ich auf dem Boden um den Tisch herum zurückgelassen hatte.

Ich fragte mich, ob man dehydrieren könnte, wenn man bei dieser Geschwindigkeit Flüssigkeit verliert.

Ich nahm mir Zeit, als sie hinter mir stand.

Er schien es zu genießen, mich nackt zu beobachten, als ich den Boden säuberte.

Ich habe es genossen, die unvermeidliche Rückkehr zum Leiden beizubehalten.

Vielleicht könnte ich etwas Wäsche machen oder so.

***

Wenn die meisten Menschen duschen, handelt es sich entweder um eine Badewanne mit erhöhtem Wasserhahn oder um einen vier mal vier großen Plastikraum.

Diese Frau mochte Duschen.

Es war eine kleine Kabine mit mehreren Duschköpfen in zwei Richtungen und einer Art Regenmaschine, die wie eine Lampe von der Decke hing.

Es gab eine Bank, keine Art Sitz, sondern eine schwarze Marmorbank, die ungefähr zwei Meter lang war und sich über die gesamte Länge der Wand erstreckte.

Die Wände, der Boden und die Decke waren mit gemusterten Fliesen verziert, nicht mit gemusterten Fliesen, sondern mit Mustern aus Fliesen verschiedener Farben.

Diese Muster waren geschmackvoll mit verschiedenen geschichteten und gebänderten Stilen.

Es gab Regale mit Plastikflaschen und Waschutensilien.

Das natürliche Licht, das durch die mattierten Fenster hereinkam, ließ den ganzen Raum sehr einladend aussehen.

"Wow", sagte ich und vergaß die 'Herrin' noch einmal.

Ich war noch nie von einer Dusche beeindruckt.

Er wusste wirklich nicht, dass er von einem beeindruckt sein konnte.

Ich habe keine Schlüssel dort gesehen, wo ich sie erwartet hatte.

Das Ein- und Ausschalten des Wassers war ein Rätsel.

Ich hatte vor vielen Jahren einmal eine Freundin, die es wirklich genoss, unter der Dusche zu schlafen.

Er konnte sich nur vorstellen, welchen Orgasmus sie an einem Ort wie diesem haben würde.

Er hatte seit Jahren nicht mehr an Wendy gedacht.

Sie verließ mich für einen Buchhalter, der etwas heiratsfähiger war.

Die Pause war sogar in der Dusche nach etwas nassem Sex.

Sie wollte ein feuchteres Toben.

Er war fünf Monate später bei seiner Hochzeit.

Sie war ein gutes Mädchen und ich wünschte ihr wirklich das Beste, aber die Duschen waren seitdem nie mehr die gleichen.

Mrs. Buttingson betrat das Badezimmer und machte sich an die Arbeit an einem Flachbildschirm, der in die Fliesen in der Nähe der Vorderseite eingebettet war.

Seine Finger waren verschwommen, als er eine Reihe von Entscheidungen übte und einige Entscheidungen traf, bevor er lesen konnte, was sie waren.

Er drückte einen digitalen grünen Knopf und der Bildschirm wurde schwarz.

Das Wasser begann sanft, aber offensichtlich fließend vom Dach zu regnen.

Sie stand im Flur und wartete.

Ich zuckte die Achseln und wartete mit ihr.

Es war vielleicht fünfzehn Sekunden später, als ich den Beginn der Symphonie hörte.

Es war eines, das er zu erkennen glaubte, möglicherweise von Mozart.

Er musste einer der großen Komponisten sein, da meine Kenntnisse auf diesem Gebiet der Musik sehr begrenzt waren.

Er konnte nur annehmen, dass der Beginn der Musik darauf hinwies, dass das Wasser die gewünschte Temperatur erreicht hatte.

Sobald die Musik anfing, stolperte sie ins Wasser.

Es war fast so, als würde ich ein bisschen tanzen.

Ich fand es magisch und sehr erotisch.

Mein Schwanz war bereit, ihn in der steigenden Luftfeuchtigkeit zu ignorieren.

Ich bewegte mich hinter ihr und unter dem Regen des Wassers.

Das Wasser war ein paar Grad wärmer als ich es für perfekt halte.

Offensichtlich war es genau die Temperatur, die sie wollte.

Sie tränkte ihre Haare unter dem fallenden Wasser und strich sie sich aus dem Gesicht.

Er schnappte sich eine Flasche mit etwas aus einer der Ecken.

"Haare zuerst", sagte er respektlos.

Ich nahm die Flasche aus seiner ausgestreckten Hand.

Er saß am Ende der Bank und streckte die Beine in den warmen Regen.

Ich legte ein Knie auf die Bank, damit ich näher kommen konnte, und war überrascht, dass ich den kalten Marmor nicht spürte.

Das verdammte Ding war heiß!

Ich legte etwas Shampoo auf meine Hand und machte mich an die Arbeit.

Dies war Wendys Lieblingsteil gewesen.

Ich massierte ihre Kopfhaut unter dem Deckmantel eines Shampoos, und wenn sie fertig war, schlug sie mich leidenschaftlich an die Wand.

Er wusste, dass er diese wunderbaren Dips in der Dusche mit dieser Schlampe nicht noch einmal erleben konnte, aber er konnte sie etwas davon fühlen lassen.

Ich legte das Shampoo auf ihre Haare und achtete genau darauf, ihre Schläfen zu reiben, wenn meine Finger näher kamen.

Er wusste, was das Wendy antun konnte.

Ich nahm an, dass ich dasselbe mit meiner Dämonen-Verführerin tat.

Sie lehnte sich zurück und gurrte ein wenig.

Ja, es hat sie sehr beeinflusst.

Ich mochte die Kraft, die er mir gab, das Wissen, dass zumindest sein Nervensystem vor mir verblasste.

"Wagen Sie es nicht aufzuhören", befahl er mit einem Lächeln.

Ich habe keine Ahnung, was Frauen außerhalb des Schlafzimmers von mir hielten, aber keiner hatte sich jemals über meine Verwöhnung beschwert.

Er genoss das Vorspiel, die selbstlosen leidenschaftlichen Handlungen, die eine Frau in die Höhe treiben.

Ich habe diese Talente hier eingesetzt.

Je mehr er sie glücklich machte, desto kürzer würde es sein, wenn er sich mehr Leiden vorstellte.

Aber ich hätte nicht falscher liegen können.

KAPITEL 9

Ich sah zu, wie sie ihre Beine spreizte, als sie ihren Hals zwischen meinen Fingern streckte.

Seine Hand bewegte sich sinnlich zwischen ihren Beinen und ein Stöhnen entkam ihren Lippen.

Er hatte noch nie eine Frau gesehen, die sich verwöhnte, zumindest nicht persönlich.

Leider begann mein Schwanz diese Show zu schätzen.

Unbewusst beschleunigte ich die Bewegung meiner Finger.

"Langsam", befahl er und lehnte sich zurück, um mir einen Blick darauf zu geben, wo seine Finger beschäftigt waren.

Ich habe versucht, nicht hinzuschauen, aber es war zu wunderbar, um es zu verpassen.

"Ich habe einmal eine Frau hierher gebracht", sagte er verführerisch.

Ich kniff die Augen zusammen und wartete darauf, dass ihre Geschichte dort endete.

"Sie liebte das warme Wasser, das über unsere Körper floss. Mein Gott, ich liebte ihre Brüste. Sie waren so fest mit geschwollenen rosa Brustwarzen, dass sie nur darum baten, gesaugt zu werden."

Sie setzte ihre Folter fort, als ihre Hand ihr Tempo erhöhte.

Er war wieder steinhart und versuchte verzweifelt, meine Erektion davon abzuhalten, sie zu berühren.

Die Reibung könnte alles schnell beenden.

"Die Dinge, die sie mit ihrer Zunge machen konnte." Sie erinnerte sich weiter. "Als er zwischen meinen Schenkeln war, konnte ich fühlen, wie sich seine Zunge in mir krümmte und mich an Orte brachte, an die mich kein Mann jemals bringen konnte."

'Fick mich!' Ich würde kommen.

Ich dachte darüber nach, es mit Stil zu tun, mein Mitglied zu packen und die Brüste der Hündin zu entladen.

"Ich muss Herrin pinkeln gehen!" Ich schreie.

Und ich würde gleichzeitig kommen.

Sie musste mich pinkeln lassen.

Das war die Gelegenheit, die er suchte.

Gib mir ein Bad und zehn Sekunden und ich werde alles wegwerfen.

Wenn ich dann eine der nächsten zwanzig Stunden durchhalten würde, wäre es nur ein Segen.

"Mit so einem Boner wird es schwer für dich, das zu tun", sagte er und lächelte wissend.

Sie drehte ihren Körper zu mir und zog ihre Finger zwischen ihren Beinen hervor.

Sie glänzten vor Feuchtigkeit.

"Du hast mich noch nicht einmal fertig gemacht; und ich wollte dir sagen, wie wunderbar es gewesen war."

Und damit fuhr sie und ihre sadistischen kleinen Spiele mit ihren nassen Fingern über ihre rubinroten Lippen.

Unwillkürlich stöhnte ich.

Ich fiel auf die Knie und machte mit den Händen Fäuste.

"Bitte lass mich kommen", flüsterte ich.

Mein Schwanz bewegte sich von alleine.

Diese Frau könnte mich nach Belieben ans Limit treiben.

Meine Firma, mein Lebensunterhalt lag in seinen Händen.

Seine Hand traf meine Schulter hart.

Er würde die Einreichung nicht richtig wiederholen.

Fick sie.

"Du gewinnst Schlampe", sagte ich und meine Hand fuhr zu meiner Erektion.

Ich würde es gleich hier in die Dusche fallen lassen, was so gut war wie jeder andere.

Sie bewegte sich schneller als sie es für möglich hielt.

Seine Hand schoss heraus und ergriff mein Handgelenk, nicht hart, ergriff es einfach.

Gerade lange genug, um mich aufzuhalten.

"Nein", sagte sie.

Sie klang verzweifelt.

"Wir machen eine Pause. Ich bin zu weit gegangen, aber eine Pause wie beim letzten Mal wird funktionieren."

In seinen Augen war tiefe Besorgnis.

Sie versuchte nicht mich zu brechen, sie wollte nur die Kontrolle.

Wenn ich wollte, würde ich sie dazu bringen, dass ich es mache.

Mein Schwanz stieg gerade bei diesem Gedanken.

Eine Pause war keine Option mehr, die Vereinbarung wäre nichtig, ob er es wollte oder nicht.

Ich stand langsam auf und sah wütend aus.

Er warf eine Million Dollar weg und ruinierte das Leben vieler Menschen.

Da war Angst in seinem Gesicht.

Ich nahm eine Handvoll ihrer mit Shampoo bedeckten Haare, legte den Kopf zurück und trat einen Schritt vor.

Meine Lippen waren nur wenige Zentimeter von diesen begehrenswerten roten Rubinen entfernt.

"Bitte fass mich an", knurrte ich.

Ich weiß nicht, warum ich ihn gebeten habe.

Eine vor Angst zitternde Hand schlang sich um mein Glied und ich spürte, wie sich mein Inneres bewegte.

Ohne Erlaubnis verschmolz ich seine Lippen mit meinen.

Sie waren so voll und glatt, wie ich es mir vorgestellt hatte.

Meine Hüften explodierten und ich stöhnte in seinen Mund.

Ich fühlte, wie mein lang gehaltenes Sperma aus meinem Schwanz ausgestoßen wurde.

Die Erleichterung war enorm, das Vergnügen unermesslich.

Ich hatte noch nie einen so befriedigenden Orgasmus.

Jeder Teil von mir kam glücklich heraus.

Seine Lippen reagierten, als er an ihren Beinen explodierte.

Ich war im momentanen Himmel.

Es gab keinen Teil meines Körpers, der nicht vor Erhebung kribbelte.

Es war wirklich ein Millionen-Dollar-Kuss.

Ich habe den Kuss abgebrochen, als ich von den Wolken herunterkam.

Sie fiel in einem Schock auf die Knie.

"Entschuldigung, du bist zu sexy, um es zu ignorieren", entschuldigte ich mich zwischen tiefen Atemzügen.

Er wollte mehr sagen, aber er hatte eine Firma zu retten.

Ich ließ sie dort und starrte niedergeschlagen auf den Boden.

Er hatte knapp drei Stunden durchgehalten.

Er würde beim nächsten Mal jemanden mit mehr Kontrolle wählen müssen.

KAPITEL 10

Ich hätte mich am Montag schlecht fühlen sollen.

Ich habe es nicht getan.

Er hatte beschlossen, die Vorsicht wegzuwerfen.

Ich konnte die neue Frist von 30 Tagen nicht erreichen, da meine Mitarbeiter ihr Schicksal nicht kannten.

Sie hatten zu viel getan, um mich so weit zu bringen.

Es war nicht seine Schuld, dass das Risikokapital zur Hölle gegangen war.

Ich rief eine Besprechung im zentralen Raum an.

Der Ort, an dem wir normalerweise Tische für die Weihnachtsfeiern oder für eine zukünftige öffentliche Feier aufstellen würden.

Ich schaute auf die fragenden Gesichter, nahm meinen Stolz auf und fing an.

"Ich war an diesem Wochenende in Verhandlungen, um die notwendigen Mittel zu erhalten, um das Unternehmen am Leben zu erhalten. Es hat nicht funktioniert, aber ich habe 30 Tage Zeit, um mehr zu finden."

Er hatte die Probleme des Unternehmens vor allen gut versteckt.

Die Überraschung war auf ihren Gesichtern offensichtlich.

"Ich bin zuversichtlich, dass ich die notwendigen Mittel beschaffen kann, aber wenn ich meinen Zweck nicht erfüllen würde, würde ich nicht wollen, dass Ihnen die Optionen ausgehen. Ich würde es lieben, wenn alle auf die Lösung warten, aber ich weiß, dass einige von Ihnen Familien und andere Überlegungen haben."

Ich hielt einen Moment inne, um meine Gedanken zu sammeln.

Ich hatte am Sonntag viel darüber nachgedacht und es schien schon sinnvoller zu sein.

"Ich würde es begrüßen, wenn Sie die Hälfte Ihres Arbeitstages für das Unternehmen und die andere Hälfte Ihre Optionen studieren könnten. Ich werde Ihr Gehalt in dieser Zeit nicht senken, selbst wenn Sie die Hälfte arbeiten. Zwei Wochen. Danach können unsere Kreditgeber den Gehaltsscheck annehmen. Denken Sie also daran, wenn Sie Ihre Pläne machen. Ich werde Empfehlungsschreiben unterschreiben und Ihnen gerne Referenzen geben, damit diese Erfahrung Ihre Karriere nicht trübt. "

Meine Augen wurden nass, als ich über das Verschwinden von etwas sprach, in das ich so viel von mir gesteckt hatte.

"Es tut mir wirklich leid, dass es dazu gekommen ist. Es ist nicht das, was du verdienst, aber du verdienst die Wahrheit."

Ich senkte meine Augen, weil ich sie nicht mehr ansehen konnte.

Es klang besser, als ich es am Sonntagabend rezensierte.

Janeth umarmte mich und ich fühlte mich schlechter.

Paul, unser Buchhalter, schrie:

"Ich werde hier regnen oder scheinen, Richy. Halte mich einfach auf dem Laufenden."

Es gab eine Reihe von Vereinbarungen, durch die ich mich ein bisschen besser fühlte.

"Mrs. Buttingson ist zurück, Mr. Carrington", flüsterte Janeth und zeigte auf den Besprechungsraum.

Ich sah auf und sah Virginia in ihrer strengen Geschäftskleidung, aber ohne ihre Lakaien vom anderen Tag.

Seine Augen waren fast so rot wie seine Lippen.

Irgendetwas stimmte nicht mit der Art, wie sie stand.

Es schien fast unangenehm, vielleicht weniger mächtig.

Als er sah, dass er sie gesehen hatte, ging er in den Besprechungsraum und schloss die Tür.

Ich schaute noch einmal auf die wiedervereinigten Gesichter, in denen Verwirrung und Sympathie herrschten.

"Ich komme jetzt zurück", sagte ich und ging zum Besprechungsraum.

KAPITEL 11

Virginia ließ sich auf einen der Stühle fallen.

Alle seine kommerzielle Haltung war von seiner Haut verschwunden.

Ich hätte nicht gedacht, dass irgendetwas diese Frau beeinflussen könnte.

Zumindest nicht in der Öffentlichkeit.

"Ich möchte es noch einmal versuchen", stammelte Virginia und weinte fast.

Ihre Augen waren rot vom Weinen.

Sie litt.

Wie zum Teufel ist es so schnell zusammengebrochen?

"Virginia, meine Firma kann nicht Ihr Spielzeug sein", sagte ich mitfühlend, "es stehen zu viele Leben auf dem Spiel. Ich bin so dankbar für die zusätzlichen dreißig Tage, aber ich kann nicht alle meine Hoffnungen auf irgendeine sexuelle Leistung setzen."

Sie griff nach dem Konferenztelefon und wählte.

"Cottingcom National, wie kann ich Ihnen helfen?", Begrüßte der Operator.

"Virginia Buttingson für Mr. Smith, bitte", fragte Virginia.

Es gab eine Pause, also nahm ich Platz.

Das war die Bank meiner Firma, bei der ich den Kredit hatte.

Ich begann zu denken, dass meine dreißig Tage bald beendet sein würden.

"Guten Morgen, Mrs. Buttingson, was kann ich für Sie tun?" Fragte Mr. Smith.

"Wie ist der Status der Überweisung?" sie fragte unverblümt.

"Es wurde abgeschlossen. Eine Million wie angefordert, auf Carringtons Konto, sind bereits verfügbar", antwortete Smith.

Ich war geschockt.

Das waren fünfhunderttausend mehr als vereinbart.

"Danke Brian." Virginia legte auf und fuhr fort: "Der Deal ist ohne Bedingungen abgeschlossen."

"Was ... nein ... ich bin nicht sicher, ob ich das verstehe", stotterte ich wie ein Idiot.

"Ich habe es vermasselt. Ich möchte noch eine Chance." Sie war den Tränen nahe. "Bitte, Richy. Ich wusste nicht, was dich so beeinflusst hat. Es war nur ein Spiel." Sie wollte mir mehr erzählen. Ich fühlte es und sah es in seinen Augen. Sie hatte angst. "Nein ... ich habe nicht geschlafen, seit du mich verlassen hast. Ich war so dumm und ging voran, als du mich darum gebeten hast." Sie war unglaublich verletzlich.

"Ich glaube nicht, dass ich das wieder tun kann", sagte ich ehrlich, "ich werde ihn hassen, lieben und wieder hassen ..."

Sie unterbrach mich.

"Schau, es gibt Teile, die du geliebt hast. Wir können es wieder tun." Das klang nicht nach der Frau, die mich auf den Knien hatte und um Erleichterung bat.

"Ich bin verwirrt, Virginia." Er flüsterte ihr zu, sie solle ihre Stimme senken. Er war sich nicht sicher, wie viel außerhalb des Raumes zu hören war. "Sie schienen ihn nur zu mögen, wenn er Schmerzen hatte."

Sein Kopf fiel in seine Hände und fiel dann auf den Tisch.

Sie fing an zu schluchzen.

Ich ging um den Tisch herum und setzte mich neben ihn.

Ich war mir nicht sicher, ob meine Arme helfen würden, aber ich konnte sie nicht auf dem Tisch weinen lassen.

Ich nahm sie in meine Arme und legte ihren Kopf auf meine Schulter.

"Tut mir leid, ich bin einfach nicht für das geeignet, was du willst."

"Aber du hast mich geliebt", schluchzte er in mein Ohr.

Ich machte mir Sorgen um seinen Geisteszustand.

Er war sich nicht sicher, wie er aus den wenigen Stunden, die wir zusammen verbrachten, Liebe ableitete.

Es war fast alles ein hektisches und qualvolles Rennen von meiner Seite.

Es gab ein paar schöne Boxenstopps, aber sie waren von kurzer Dauer.

"Virginia". Ich nahm ihren Kopf von meiner Schulter und sah in ihre blutunterlaufenen Augen. "Ich habe dir nie gesagt, dass ich dich liebe."

"Nicht mit Worten. Mit deinen Händen. Niemand hat mich jemals so berührt." Sie hatte einen verträumten Gesichtsausdruck. "Diese Massage ... und als du meine Haare gewaschen hast, dachte ich, sie würde mich zum Schmelzen bringen. Warum würdest du das tun, wenn du mich nicht liebst?" Sie meinte es jetzt ernst.

"Du hast mir befohlen, das zu tun", antwortete ich.

Sie schien verwirrt zu sein, als wollte sie die Bedeutung meiner Worte erkennen und konnte nicht zwei und zwei hinzufügen.

"Aber ... aber du musstest es nicht so machen", sagte sie langsam. Er konnte fast sehen, wie sich die Räder in seinem Kopf drehten. "Ich habe gesehen, wie aufgeregt du warst. Du hast mich nicht einmal geschlagen und warst so ... bereit."

Verprügele Sie? Warum sollte er sie schlagen?

Sie hat mich geschlagen.

Ich zog mich ein wenig von ihr zurück, was ihre Augen in Panik versetzte.

"Virginia, ich mag es nicht, wer schlägt oder gewalttätig. Ich war bereit, ein bisschen zu ertragen, wegen der Leute, die du gesehen hast." Ich zeigte auf die Tür. "Ich bin mir nicht sicher, nach welcher Art von Beziehung du suchst, aber ich denke nicht, dass sie in die Form passt."

Ich habe versucht klar zu sein.

Die ganze Situation war zu surreal.

Sein Kopf fiel nach vorne.

"Ich wollte nicht, dass du gehst", sagte er leise.

"Ich habe Probleme damit, Virginia. Warum sollte ich bleiben wollen, wenn Sie bestreiten, dass mein Schmerz enden wird?"

Mir fehlten ganze Abschnitte seiner Logik.

"Die Jungs gehen immer, wenn sie fertig sind." Seine Tränen begannen zu fließen. "Du bist auch gleich danach gegangen. Ich wollte nicht, dass du gehst."

Sie schrie jetzt laut auf.

Ich war geschockt.

Ich brachte es an meine Schulter und hielt es fest.

Sie brauchte ein paar Minuten, um wieder die Kontrolle über ihr Schluchzen zu erlangen.

Aber dann wurde mir klar, dass ich mit ihr in einem Dilemma war.

Ich brauchte noch ein paar Momente, um sie sanft von mir zu trennen.

Die Frau hatte gerade mein Geschäft gerettet und wahrscheinlich einige der Leben, die außerhalb des Raumes auf mich warteten.

Er hatte keine Ahnung, mit welcher Art von Männern er zuvor zusammen gewesen war.

Sie hätten nicht zu wachsam sein können, wenn ich das Maß der Besten wäre.

Nun, sie schuldete mir die Folter und ich schuldete ihr, dass sie uns alle gerettet hatte.

"Virginia, ich würde dich gerne zum Mittagessen mitnehmen", bot ich an, als ich ihr ein Lächeln schenkte, "und dann zum Abendessen und möglicherweise zum Frühstück."

Sein Gesicht leuchtete auf.

Sie fuhr sich mit dem Handrücken über die Augen, um ihre Tränen zu trocknen.

Dies half nur, mehr Mascara zu verschmieren.

Ich versuchte nicht zu lachen, als ich die Schachtel mit den Taschentüchern vom Tisch nahm.

"Bist du sicher?" fragte er und fügte dann schnell hinzu: "Ich meine ja, das würde ich lieben."

Ich denke, sie hat beschlossen, mir auch keinen Ausweg zu geben.

Und ich hätte es nicht genommen.

"Gut. Jetzt bleib einen Moment still."

Ich schnappte mir ein Taschentuch und hielt ihr Kinn zärtlich fest.

Ich wischte ihn unter seinen Augen ab und hob mich so hoch wie ich konnte.

Er trug ein paar Taschentücher, bis ich mit meiner Arbeit zufrieden war.

Diese schönen roten Lippen lächelten wieder, als ich fertig war.

Ich habe mich dafür bestraft, dass ich ihren emotionalen Zustand ignoriert habe, aber zu meiner Verteidigung waren diese Lippen etwas Besonderes.

"Kann ich dich küssen?" Ich fragte ihn sanft.

"Oh ja", flüsterte sie.

Ich senkte meinen Kopf und brachte meine Lippen zu ihren.

Die Erinnerung an den Kuss in der Dusche verschmolz in meinem Kopf damit.

In diesem Moment verschwand alles, was uns zusammenhielt.

Es gab keine Firma, keinen Kredit, kein Geld.

Meine Lippen blieben, weil sie seine Besorgnis und seine Freude spüren konnten.

Ich bin so geblieben, weil es mir gefallen hat.

Meine Hand streichelte ihr Gesicht und bewegte sich hinter ihr Ohr, um sie tiefer zu drücken.

Sie gehorchte mit gescheitelten Lippen und einer schwankenden Zunge.

Ich fand seine bei mir, und als sich unsere Zungen berührten, hallte ein leiser Schauer durch meinen Körper.

Ich blieb so bei ihr, weil ich sie wirklich mochte.

KAPITEL 12

Als wir endlich den Kuss brachen, fühlte ich einen Verlust.

Aber jetzt hatte er den Wunsch, sie genau dort zu ficken.

Wie zum Teufel hat mich diese Frau dazu gebracht, so schnell zu gehen?

"Das war sehr gut", sagte Virginia und begann sich vorwärts zu bewegen.

Sie wollte mehr als ich.

Ich hielt sie zurück und lächelte, damit sie wusste, dass es keine Ablehnung war.

"Draußen sind Leute", sagte ich und streichelte seinen Nacken. Sie stützte sich auf meine Hand und seufzte. "Sagen wir diesen Jungs die guten Nachrichten und ich bringe dich zum Mittagessen", schlug ich vor.

"Und warum müssen sie es wissen?" Fragte sie mit einem schockierten Gesichtsausdruck.

Ich brauchte eine Sekunde, um zu erkennen, wohin seine Argumentation führte.

Ich gab ein kleines Lachen.

"Es geht um ihre Arbeit. Sie haben nur ihre Gehaltsschecks garantiert."

Es war das erste Mal, dass er sie erröten sah.

Ihre Wangen stimmten fast mit der Farbe ihrer Lippen überein.

Es war bezaubernd.

Sie stand verlegen auf und passte ihr Outfit an.

"Ja. Natürlich", sagte sie, als sie die Kontrolle wiedererlangte.

Dann sah sie mich mit weichen Augen an.

"Sind all die Küsse, die du gibst ... so ablenkend?"

"Nur die Guten", antwortete ich.

Sie errötete noch deutlicher.

Jetzt war ich derjenige, der die Kontrolle hatte, und ich hatte nicht die Absicht, irgendjemandem etwas zu verweigern.

Gott, diese Lippen sahen so gut aus.

Ich stand auf und strich mich ein wenig glatt.

"Sind Sie bereit?" Fragte.

"Ja", antwortete sie.

Die Veränderung in ihrem Gesicht war erschreckend.

Virginia war weg und Mrs. Buttingson war zurück.

Sie war jetzt im Sitzungssaalmodus.

Ich hielt die Tür, als sie ausstieg, mit perfektem Kopf, als wir zu den noch versammelten Angestellten gingen.

Ich sah, wie Janeth sich die Seite ihres Gesichts abwischte.

Er hoffte wirklich, dass sie nicht geweint hatte.

"Es scheint, dass ich mit meinen vorherigen Aussagen sehr verfrüht war", sagte ich, während ich meine Worte mit einem Lächeln begleitete. "Frau Buttingson und ich haben uns auf eine Partnerschaft geeinigt, die dem Unternehmen genügend Mittel garantiert hat, um über das Datum hinaus Bestand zu haben." erster geplanter Start "

Es gab viel Applaus und Lächeln.

Das Lächeln sah jetzt ein bisschen boshaft aus und sie zwinkerten mir zu.

Janeths Lächeln war noch mysteriöser, als sie sich weiterhin eine Seite ihres Gesichts abwischte.

"Wir müssen einen Deal abschließen und Millionen machen", kündigte ich glücklich an.

Janeths Hand war noch hektischer und berührte ihr Gesicht.

Virginia verdrehte die Augen, als ihr klar wurde, was Janeth zu sagen versuchte.

Ich sah mit meinem hinüber

'Was?' Sagte ich achselzuckend.

Virginia griff nach einer Schachtel Taschentücher auf Pauls Schreibtisch.

Sie packte mein Kinn und verlor nie ihren kontrollierten geschäftlichen Ausdruck.

Das Taschentuch wurde rot, nachdem sie meine Lippen abgewischt hatte.

Ich errötete.

"Und Richy nimmt mich zum Mittagessen mit", verkündete Virginia.

Ich glaube nicht, dass ich mich in meinem Leben unwohl gefühlt hätte.

Die Menge lachte ein wenig, bis Virginia sich in ihrem patentierten Blick umdrehte.

"Wachsen Sie Leute auf", spottete sie.

Das Lachen wurde zu einem Kichern.

Virginias Gesicht war so rot wie meins.

Er nahm meine Hand, da es keinen Grund für die Fassade gab, und führte mich zur Tür.

"Das war peinlich", flüsterte Virginia, als wir ein paar Schreibtische hinter uns stellten.

"Es war dein Lippenstift", beschuldigte ich ihn mit einem albernen Lächeln.

"Jetzt weiß es jeder", fügte er hinzu.

Sie versuchte, ihr kommerzielles Verhalten für die Augen, die uns folgten, beizubehalten.

"Sie sind nur eifersüchtig, weil ich ein sexy Mittagessen habe", scherzte ich.

"Ein Date. Ist das ein Date?" sie fragte überrascht.

Ich fragte mich, was sie wohl dachte.

"Küsse, sexy Frau, Mittagessen. Ja, es scheint mehr als das zu sein, was für ein Date geeignet ist", antwortete ich so leise wie möglich.

Sein Lächeln wurde größer, er schlang seinen Arm um meinen und zog mich näher, als wir fertig waren.

Sie fühlte sich gut neben mir.

Ich mochte es, dass es ihr egal war, dass alle zuschauten.

Die Geschäftsfrau hatte das Gebäude verlassen.

KAPITEL 13

Ich entschied mich für Fugui's, eine kleine italienische Pasta in der Nähe.

Es war nicht das beste Essen in der Stadt, aber manchmal war die intime Atmosphäre das Problem an diesen Orten.

Es gab einen kleinen Tisch, an dem eine große Stütze mit Säulen den Rest des Raumes blockierte.

Die Decke war niedrig, was den Nachhall verringerte und es uns ermöglichte zu sprechen, ohne wiederholen zu müssen, was gesagt wurde.

Und es war angemessen privat.

"Es tut mir leid wegen diesem Morgen, Richy", sagte Virginia, nachdem der Wein angekommen war, "ich bin es nicht gewohnt ... ich glaube, ich bin es nicht gewohnt, Menschen zu mögen."

"Komm schon, du musst ein paar Freunde haben", sagte ich fröhlich.

Der Ausdruck in seinem Gesicht sagte mir, dass das falsch war.

Ich verlor mein Lächeln und legte meine Hand auf ihre.

"Du hast jetzt einen."

Das brachte mir ein schwaches Lächeln ein.

Ich stand auf und wechselte meinen Sitz, ging zu ihr, anstatt ihr gegenüber zu sitzen.

"Das einzige, woran ich mich heute Morgen wirklich erinnere, ist der Kuss. Alles andere ist ein bisschen verschwommen."

Diese kleine Lüge brachte mir ein echtes Lächeln ein.

"Es war wirklich schön", sagte sie beruhigend, "ich habe beschlossen, nicht genug zu küssen."

Ich schürzte meine Lippen obszön und beugte mich vor.

Sie kicherte und klopfte auf meinen Arm.

"Mit Männern, nicht mit Fischen."

"Fisch muss auch geliebt werden", scherzte ich.

Der Kellner erschien mit unseren Salaten, also mussten wir eine Pause von unserem Gespräch machen.

Wir haben über unsere Firma bei den Salaten gesprochen.

Ich wunderte mich, wie überraschend schnell sein unternehmerischer Verstand war.

Es scheint, als hätte sie nur Geld verschwendet, um ein Unternehmen ohne Zukunft zu retten.

Aber in Wirklichkeit hatte sie ihre Hausaufgaben gemacht.

Sie kannte das Potenzial und die Fallstricke des gesamten Prozesses.

Sie hatte erstaunliche Verbindungen, die der ersten Veröffentlichung wirklich helfen konnten.

Als ich die leere Salatschüssel beiseite schob, wurde mir etwas klar.

"Wenn ich dein erstes Angebot nicht angenommen hätte, würdest du dann nicht mehr kaufen?" Fragte.

"Ja, aber ich wollte dich wirklich nackt sehen", sagte er mit seinem bösen Lächeln.

"Und die Million statt der Hälfte?" Ich habe gefragt

"Sie müssen wirklich an Ihren Verhandlungsfähigkeiten arbeiten. Ich dachte, Sie würden mehr verlangen, also rechnete ich mit einer Million", zuckte er mit den Schultern und fuhr fort: "Und um erfolgreich zu sein, brauchen Sie wirklich eine beträchtliche Erhöhung des Betriebskapitals für den Start. Ohne das hätte ihr Umsatz kein weiteres Jahr gedauert, während die Konkurrenten versuchen würden, Ihr Produkt zu kopieren. "

"Du hast mich gespielt", verkündete ich.

"Es ist was ich tue", gestand sie, als sie hinüber griff und hinter mein Ohr klopfte, "bist du sauer auf mich?"

Es war das erste Mal, dass sie eine sanfte Berührung initiierte.

Ich konnte die Besorgnis in ihren Augen sehen.

"Nein, ich bin sauer auf mich selbst, weil ich es nicht gesehen habe", gluckste ich, "ich war tatsächlich eitel genug zu glauben, dass es um mich ging."

"Das jetzt, aber es war nicht damals", sagte Virginia beiläufig.

Ich war überrascht von seiner Offenheit.

Ich denke, sie hatte wirklich Gefühle für mich.

Gerade als ich dachte, ich hätte ihr Stück entdeckt, ließ sie mich die Realität sehen.

"Deshalb habe ich das Geld heute früh überwiesen. Ich wollte nicht, dass du denkst, dass ich es bereits für dich aufgehoben habe."

Möchten Sie wissen, wie man einem Mann gefällt?

Es erhöht nur den Wert seiner Existenz.

Hier war der klügste Geschäftsmann, den ich kannte und der mir sagte, dass mein jahrelanger Schweiß es wert war.

Seine Einschätzung des Potenzials meines, nein, unseres Unternehmens war sogar höher als ich es mir vorgestellt hatte.

Nur neunundvierzig Prozent zu fordern bedeutete, dass ich wusste, dass meine Vision für diese Einschätzung notwendig war.

All dies und ich wussten auch, wie sie nackt aussah.

Ich überraschte sie mit einem leidenschaftlichen Kuss.

Ich fühlte, wie sie sich nervös umsah, bevor sie aufgab und mich von meiner öffentlichen Zuneigung mitreißen ließ.

Sie zwangen uns, uns zu trennen, als der Kellner das Hauptgericht brachte.

Essen schmeckt besser, wenn alles nach Ihren Wünschen verläuft.

Virginia lächelte mich an, als wir aßen.

Ich glaube nicht, dass sie genau wusste, wie sie mein Ego gestreichelt hatte.

Und das machte alles noch aufrichtiger.

"Ich werde einen anderen Lippenstift bekommen müssen, wenn du mich in der Öffentlichkeit so küsst", lächelte sie.

"Wagen Sie es nicht", sagte ich und hinterließ rote Flecken auf meiner Serviette. "Ich muss nur noch mehr Taschentücher kaufen."

Er konnte sie sich nur mit diesen begehrenswerten roten Lippen vorstellen.

Ich sah etwas in ihren Augen funkeln, als ich den Lippenstift verteidigte.

Ein Gedanke kam ihm in den Sinn, etwas, das nicht für die öffentliche Diskussion gedacht war.

Er lehnte sich in mein Ohr.

"Ich würde dich wirklich gerne nach Hause bringen und nicht ablehnen", flüsterte sie mit einem bösen Lächeln.

Bei seinen Worten floss schnell Blut in meinem Körper.

Ich fühlte seine Hand auf meinem Schritt.

"Ich würde gerne sehen, was ich mit dir machen kann."

"Schau es dir bitte an!" Ich sagte vielleicht etwas zu laut.

Aber wie gesagt, es war nicht das beste Essen in der Stadt.

KAPITEL 14

Ich fuhr Virginia in meinem Auto nach Hause.

Sie hatte gesagt, dass sie dafür sorgen könnte, dass ihre morgen abgeholt wird.

Ich glaube, sie war mehr daran interessiert sicherzustellen, dass mein Interesse nicht nachließ.

Sie war nicht übermäßig aggressiv, nur ein paar einfache Streicheleinheiten und ein bisschen Kuscheln in mich, um sicherzugehen, dass ich wusste, dass sie neben mir war.

Ich fand die Aufmerksamkeit, die er mir schenkte, sehr attraktiv.

Mein Interesse ließ nicht nach.

Als wir ihr Haus betraten, schleppte Virginia mich direkt in ihr Zimmer.

"Setz dich", befahl er und zeigte auf das Bett.

Sie benutzte ihre bösartige Stimme, die mich ein bisschen irritierte.

Ich entschied mich stattdessen mit einem mürrischen Gesicht zu stehen.

Sie lächelte.

"Bitte hinsetzen."

Dies war wieder ihre freundliche und liebevolle Stimme.

Ich setzte mich schnell auf.

Sie packte meinen Fuß und zog meinen Schuh und meine Socke aus.

Wiederholte sie mit dem anderen Fuß.

Mit seiner böswilligen Stimme befahl er: "Gürtel."

Sie streckte ihre Hand aus und wartete darauf, dass ich nachkam.

Ich hätte seiner bösartigen Stimme widerstehen können, aber ich mochte, wohin die Dinge gingen.

Ich knöpfte es auf und zog es durch die Ösen heraus.

Sie nahm den Gürtel und legte ihn auf den Stapel meiner Schuhe und Socken.

Virginia schob mich auf das Bett, so dass ich auf meinen Rücken fiel und den Knopf öffnete und die Vorderseite meiner Hose öffnete.

"Sag nichts", befahl sie und ich gehorchte.

Sie zog meine Hose zusammen mit meinen Boxershorts aus und fügte sie dem wachsenden Haufen hinzu.

Ich war zu diesem Zeitpunkt halb aufgeregt.

Er war sich nicht sicher, was er vorhatte und hatte ein wenig Angst, dass er versuchen würde, zu seinen hinterhältigen Wegen zurückzukehren.

Er ging zu seiner Kommode und schnappte sich eine kleine goldene Röhre.

Er legte es zwischen meine Beine, zog seine Jacke aus und ließ es auf den Boden fallen.

Lächelnd knöpfte sie ihre Bluse auf und ließ sie ebenfalls auf den Boden fallen.

Ihr Spitzen-BH folgte schnell.

Mein Schwanz zeigte gerade etwas mehr Leben.

"Ich habe vor, mich an diesem Wochenende für meine Handlungen zu entschuldigen." Virginias Gesicht war bedauerlich. "Ich hoffe, du kannst mir verzeihen."

Er wollte gerade etwas sagen, was nicht nötig war, als sie die Kappe von der Goldröhre entfernte und ihr rubinroter Lippenstift erschien.

Als ich sah, wie sie ihre Lippen wieder gekonnt bedeckte, wurde meine Erregung deutlicher.

Er rieb sich die Lippen und sah mich an.

Ihre Lippen leuchteten rot, heller als je zuvor.

"Ich habe vor, meinen Mund zu benutzen", seufzte er.

"Oh Scheiße" war alles was ich sagen konnte.

Meine Erektion pochte und ich war jetzt angespannt, als ich schweigend betete, dass dies nicht einer seiner Tricks war.

Sie lächelte über meine Erektion.

"Ich würde dir das gerne antun", sagte sie, als sie auf die Knie fiel.

Ihre Lippen ein paar Zentimeter von meiner Männlichkeit entfernt, schlang sie ihre Hand um das Mitglied.

Ich spürte den Puls meines Schwanzes, als sie mit ihrer Zunge über die Unterseite fuhr und sie um die Krone drehte, wobei ihre Hand sie einfach als Leitfaden benutzte.

Als diese Lippen meine Erektion umkreisten, verschwanden alle Gedanken, die ich an Misstrauen hatte.

Diese gleitenden rubinroten Lippen erzeugten eine visuelle Euphorie.

Ich hatte das in meinem Kopf gesehen und die Realität war unendlich angenehmer.

Virginias Lippen teilten sich von meinem Schwanz.

Sie schürzte die Lippen und küsste liebevoll die Spitze.

Meine Schenkel spannten sich an, um sich nicht zu bewegen, sie fortfahren zu lassen, um zu halten.

Aber meine Schenkel versagten.

Diese Lippen schlangen sich wieder um mich und nahmen mich tiefer.

Ich konnte fühlen, wie seine Zunge drückte und leckte.

Ich wollte ihn warnen, ihm die Möglichkeit geben, langsamer zu werden, aber ich kam zu hart und zu schnell.

Meine Hüften hoben sich, als ich seinen Namen rief.

Sie senkte ihre Lippen und saugte an mir, als ich in ihr ejakulierte.

Die Gedanken hörten auf, als das Vergnügen meinen Körper durchbohrte.

Virginias Wangen sanken, als sie meinen Schwanz tiefer in ihren Mund schob und mich mit meinem Vergnügen umgehen ließ, ohne mich schuldig zu fühlen.

Sie wollte das für mich.

Virginia küsste meinen gesättigten Phallus.

Sein Kuss gab mir direkt auf die Spitze meines Mitglieds

Sie wusste, was sie getan hatte, und sie lächelte dieses böse, verschlagene Lächeln.

Ich konnte diese Kontrollprobleme in seinen Augen schwimmen sehen.

Er tat es ohne die Peitsche, aber er hatte mich genau dort, wo er wollte.

Diesmal würde sie keine Beschwerden von mir bekommen.

"War das mehr nach deinem Geschmack?" Fragte er und wusste bereits die Antwort.

"Ja, Herrin", antwortete ich spielerisch.

Ich liebte das Lachen, das es in ihr erzeugte.

Er schlug auf meinen Oberschenkel, zog ihren Rock hoch und kletterte auf mich.

"Wirst du bleiben?" Fragte Virginia mit einem gezwungenen Lächeln.

Ihre vorherigen Kommentare kamen zu mir zurück.

Er konnte nicht glauben, wie emotional schwach eine so starke Frau sein konnte.

Dann wurde mir klar, wie viel Risiko sie eingegangen war.

In seinen Augen war Angst, die Angst umgab.

Ich hielt meine süße sarkastische Antwort zurück und hielt an der Wahrheit fest, die ich für sie empfand.

"Ja", antwortete ich in aller Ernsthaftigkeit, "ich hatte gehofft, Sie würden mich die Nacht hier verbringen lassen."

Ich sah seine tränenden Augen, bevor seine Lippen meine erstickten.

Ich konnte fühlen, wie ihr Körper zitterte, als wir uns küssten.

Ich umarmte sie fest und wollte ihre unbegründeten Ängste unterdrücken.

Ich dachte wirklich, das wäre eine nette Therapie für sie.

Nicht mehr.

Ich mochte sie in meinen Armen.

Ich mochte es, dass sie mich brauchte.

Sie war schlauer als die Hölle, aber zerbrechlich wie das feine Porzellan in ihr.

Ich mochte sogar, dass das Kontrollfeuer in ihr brannte.

Sie war ein sehr sexy Rätsel.

Mein Rätsel.

Ich drehte sie auf die Seite, ihre Brüste an meiner Brust.

Ich schob ein paar widerspenstige Haare aus seinen Augen und hinter sein Ohr.

Sie zuckte bei meiner Berührung zusammen, was ich selbstsüchtig als angenehm empfand.

"Ich möchte deine Haare fertig waschen", sagte ich beiläufig, während ich meine Hand durch ihre braunen Locken fuhr.

Sein Lächeln war ehrlich.

"Das würde mir auch sehr gefallen", flüsterte sie.

Ich konnte die Emotionen in seinen Augen sehen.

Sie dachte an nassen Sex aus dem Duschstrahl.

Aber im Moment war das Shampoonieren nur eine Ausrede, um mir Zeit zu geben, mich zu erholen.

Zum Glück fand sie den Vorschlag auch angenehm.

KAPITEL 15

Virginia versuchte mir zu zeigen, wie man die Duschsteuerung bedient.

Es hat Spaß gemacht, sie zärtlich zu berühren, während ich versuchte, es mir zu erklären.

Sie bemerkte, dass ich ihre Gedanken aus den Augen verlor, aber sie tadelte mich nie und versuchte mich nicht aufzuhalten.

Als sie glücklich aufgab, war ich fast so ahnungslos wie zu Beginn.

Ich bezweifelte, dass er mich jemals alles kontrollieren lassen würde.

Diesmal habe ich es gut gemacht.

Ich hatte Virginia auf dem Rücken liegen, entlang der erwärmten Bank, und am Ende hing ihr Kopf über meinen Schenkeln.

Die Dusche hatte einen wunderbaren abnehmbaren Duschkopf, der in einer Art weichem Nebel ausgestoßen wurde.

Ich tränkte sanft ihre Haare, während ich meine Augen schloss.

Es war wunderbar, sie auf meinem Schoß zu haben, als ich das Shampoo auftrug.

Sie machte einige wundervolle, halb stöhnende Geräusche, als sie die blumenduftende Substanz in ihr Haar einarbeitete.

"Als wir das letzte Mal hier waren, hast du mir von einem Mädchen erzählt", schlug ich die Geschichte vor.

Virginia öffnete die Augen und sah mich seltsam an.

"Interessieren Sie sich jetzt für Lydia?" Sie fragte.

"Also war sie echt?" Ich fragte nach.

Virginia versuchte sich ein bisschen aufzusetzen, also drückte ich sie sanft und machte mich an die Arbeit an ihrem Nacken.

Sie entspannte sich wieder.

"Ja. Wir besitzen zusammen ein sehr beliebtes Restaurant", fuhr sie fort, "würden wiederkommen, wenn ich fragen würde. Ist das etwas, was Sie möchten?"

Das war eine Überraschung und traf mich mitten auf den Kopf.

Er deutete nur auf eine heiße Geschichte hin, aber dies war ein faszinierendes Angebot.

Das war eine Fantasie, von der er nie gedacht hatte, dass sie real werden könnte.

Natürlich gab es in meinen Träumen immer wieder einen One-Night-Stand mit zwei Frauen, von dem ich dachte, ich würde ihn nie wieder in der Realität sehen.

Ich weiß nicht, ob ich mich sehr wohl fühlen würde, eine Orgie mit Leuten zu haben, die ich kenne.

"Ich glaube nicht, dass ich dich mit jemandem teilen möchte", sagte ich vorsichtig, "würdest du mich als Heuchler betrachten, wenn ich es wissen wollte?"

Er klang dumm, als er herauskam, aber ich denke, er hat es verstanden.

"Willst du etwas über sie oder nur die schmutzigen Teile wissen?" Sie lächelte, als ich ihre Schätze massierte.

"Nur die schmutzigen Teile." Ich lächelte zurück.

Das gab mir ein Kichern als Belohnung, gefolgt vom Erzählen einer sehr schmutzigen Geschichte.

Ich habe mich unterhalten, Erotik zu lesen.

Aber das war nichts im Vergleich zu meiner Aufregung, als ich hörte, wie Virginia vorbehaltlos ihren Duschurlaub mit Lydia beschrieb.

Sie ließ nichts unbeschrieben und ich atmete schwer, als sie meine Haare spülte.

Ich bin mir ziemlich sicher, dass einige Teile verschönert wurden, aber ich habe sie als Tatsache akzeptiert.

Ich war wieder der Mann aus Stahl.

"Schau, was meine Geschichte dir angetan hat", prahlte Virginia.

Sie streichelte sanft meine Erektion.

Sie stand mit einer Idee in den Augen auf.

"Bleib so", befahl er und gab eine Reihe von Befehlen auf dem Bedienfeld ein.

Warten.

Er fing an, sich daran zu erfreuen, dass sie herrisch war, zumindest wenn es am Ende keine Verleugnung und keinen Schmerz gab.

"Mehr als ein Gefühl" hallte durch die Lautsprecher, als sich der große zentrale Duschkopf bewegte, um mich sanft mit warmem Wasser zu bedecken.

Sie ging vor mir zurück und blockierte einen Großteil des Sprays.

"Aber es ist Zeit für eine neue Geschichte."

Seine Stimme war leise und verführerisch.

Diese Stimme versprach alles.

Virginia legte vor mir ein Knie zu beiden Seiten von mir und senkte ihre Hüften auf meine.

Ich schob meinen Hintern an den Rand der Bank, um es einfacher zu machen.

Sie stellte sich zwischen meine Beine und führte meinen Schwanz zu ihrer Öffnung.

Das Wasser lief über ihre Schultern und über meine Brust, als sie sich an mich lehnte.

Er ließ meinen Schwanz los und stöhnte, als er seinen Abstieg beendet hatte.

Ich wiederholte seinen Ton.

Virginia legte ihre Finger hinter meinen Nacken und brachte ihre Lippen an mein Ohr.

"Es ist lange her, dass ich einen Mann in mich hineingelassen habe", flüsterte sie laut.

Gott hilf mir, das hat mir sehr gut gefallen.

"Es ist himmlisch", sagte ich und stürzte mich dann.

Es kam aus meinem Mund, ohne zu denken: "Herrin."

Diesmal hatte er es nicht in einem scherzhaften Ton gesagt, wie er es zuvor gesagt hatte.

Diesmal war er aufrichtig.

Sein Becken blieb stehen und er sah mir in die Augen.

Ich sah Angst in ihrer.

"Ich will dich nicht verlieren", machte er sich Sorgen.

Ich hatte keine Ahnung, wohin das führen würde.

Ich wusste nur, dass ich mich gut fühlte.

Sehr gut.

Und ich wollte, dass sie sich auch gut fühlt.

Ich wollte mich gut mit ihr fühlen.

"Dann lass mich kommen", sagte ich mit einem teuflischen Lächeln und fügte hinzu, "Herrin."

Ihre Augen leuchteten auf und ihr Lächeln wurde unanständig, als die Konsequenzen dessen, was ich sagte, sie erhitzten.

Sie wollte mir gefallen.

Sie würde uns gefallen.

Ich fühlte, wie ihre Hände meine Haare packten und meinen Kopf zurückzogen, als ihre Muschi um meinen Schwanz stieg und fiel.

Seine Lippen wurden auf meine geschlossen, als er mich nahm.

Virginias Augen brannten vor Geilheit.

Das hat mich gefüttert, obwohl ich nicht in der Lage war, viel zu helfen.

Der Griff um meine Haare wurde fester und zog fester.

Ich hatte keine Ahnung, warum es mir gefiel oder warum sie es gern tat.

Ich wusste nur, dass wir es getan haben.

Sie brach ihren heftigen Kuss und zog mein Ohr an ihre Lippen.

"Wir werden zusammen dorthin gelangen", erklärte er intensiv, "zusammen, verstehst du?"

Ich fühlte, wie mein Schwanz mit ihrer Frage wogte.

Er war sich nicht sicher, ob er noch viel länger warten konnte.

"Ich werde es versuchen, Herrin", stotterte ich, als Virginias unglaublicher heißer Läufer mich vor Vergnügen würgte.

Er wusste, dass sie fühlen konnte, dass er bereit war zu explodieren.

Vielleicht war die schmutzige Geschichte keine gute Idee.

Er war etwas heißer als sie.

"Es ist keine Option", erklärte er.

Seine Hüften hielten beim Abschlag an und er fing an, sein Becken in mich zu reiben.

Ich fühlte, wie mein Schwanz neue Stellen in ihr berührte.

Ich war am Rande der Ekstase.

Wenn wir nicht mit Wasser bombardiert worden wären, hätte Schweiß meinen ganzen Körper bedeckt.

Mein Atem war beschwerlich.

Ich spürte, wie sein Becken unwillkürlich zuckte und seine Hand wieder fester auf meinen Haaren wurde.

Beim zweiten Schütteln schrie sie: "JETZT!"

Ich wurde weggetragen.

Die Intensität, kombiniert mit dem Schmerz, war atemberaubend.

Virginia wurde von meinen Haaren gehalten, als Wellen des Vergnügens durch ihren Körper strömten.

Jeder Ruck seiner Hüften drückte einen weiteren Milchschwall in sie hinein.

Wir waren in perfekter Übereinstimmung, schmerzhaft und glückselig.

Virginia ließ meine Haare los und fiel fast wieder auf den Boden.

Ich fing sie rechtzeitig auf und zog sie in meine Arme, mein Schwanz war immer noch tief in ihr vergraben.

Ich hatte keine Ahnung, woher sein Wunsch kam, mich zu kontrollieren.

Ich wusste nur, dass ich es liebte.

In einer seltsamen Gegenüberstellung packte ich ihre Haare und nahm einen Kuss von ihren Lippen.

"Das war fantastisch!" Sagte ich energisch.

Seine schläfrigen Augen trafen meine.

"Ja, es war wunderbar", sagte sie und lächelte dann, "Meister."

Sie fiel in meine Arme und ich hielt sie im heißen, dichten Regen.

KAPITEL 16

Das Abendessen war eine kleine intime Angelegenheit.

Nur wir beide, zusammengekauert auf der Couch mit chinesischem Essen, das wir bestellt hatten.

Wir waren mit einer passenden rosa Plüschdecke bedeckt.

Virginia passt viel besser zu diesem Stil als ich.

Pink ist nicht meine Lieblingsfarbe.

Wir haben einen John Wayne-Film gesehen, einer seiner ersten in Farbe, glaube ich.

Obwohl es im Grunde Hintergrundgeräusche waren, während wir aßen, plauderten und lachten.

Virginia öffnete eine Flasche Wein und wir unterhielten uns weiter.

Wir haben kein Wort über Kameradschaft oder Sex gesagt.

Es ging nur darum, sich kennenzulernen.

Ich habe es geliebt und war erstaunt, dass ich es nur für mich haben konnte.

Er hatte einige sehr seltsame sexuelle Grenzen mit ihr überschritten.

Jetzt wusste er mehr über mich als jeder andere auf der Welt.

Ich glaube, ich bin der einzige, der etwas über das feine Porzellan-Interieur weiß.

***

Schlafenszeit brachte mehr.

Mehr von uns.

Er wartete im Bett auf sie.

Er hatte Pläne, Gebotspläne.

Ich wollte mit Erinnerungen an ihre Weichheit schlafen gehen, ihre Hingabe an meine langsame Liebe.

Sie verließ nervös das Badezimmer.

Ich glaube, er wäre fast zurückgekommen, aber dann hat er beschlossen, zu meiner Seite des Bettes zu kommen.

Ich streckte meine Hand aus und fragte mich, woher seine Angst kam.

Als sie ihre Robe fallen ließ, sah ich ihre Angst.

Über ihrer linken Brust, über ihrem Herzen hatte sie 'Richy's' in rubinrotem Lippenstift geschrieben.

Was aus mir herauskam, war die Wahrheit.

"Ich liebe dich auch", stimmte ich zu.

Ich glaube, sie hielt bis zu diesem Punkt den Atem an.

Sie fiel in meine Arme und ich zog sie zu mir.

Ich war der Kleber für sein feines Porzellan.

***

Virginia war anfangs viel besser als jeder Wecker.

Das Kichern und das Knabbern an meinem Ohr waren eine wundervolle Art aufzuwachen.

Es gab nur keine 5-Minuten-Wiederholungstaste.

Sie war eine Morgenperson.

Ich bin ein langsam wachender Typ.

Normalerweise dauert es drei oder vier Mal, bis ich endlich aufgebe und aufstehe.

Virginia war bereits gebadet und angezogen und die ersten Sonnenstrahlen waren noch nicht einmal durch das Fenster gekommen.

Ich drehte mich um und ging von seinem schönen Angriff weg.

Vielleicht würde sie mir noch zehn Minuten geben.

Die Decken und Laken verschwanden plötzlich vom Bett.

Meine Hitze verschwand und ich rollte mich zu einer Kugel zusammen.

Ich hörte das Summen, bevor der Juckreiz meinen Arsch traf.

Ich stand auf, um mich zu schützen, und sah sie unschuldig und lächelnd mit den Händen hinter dem Rücken.

"Du hast mich geschlagen", beschuldigte ich mich.

Sie trat einen Schritt zurück und ihre schönen roten Lippen lächelten.

Ich stand auf und trat drohend vor.

Ich wollte die Peitsche an ihrem Hintern testen, um zu sehen, wie sie es mochte.

"Sie müssen eine Firma leiten, Herrin", sagte er und trat einen weiteren Schritt zurück.

Ich sah auf meine Uhr und erinnerte mich, wo ich war.

Er würde wahrscheinlich zu spät kommen.

Rache würde warten müssen.

"Scheiße", gab ich zu und ging schnell zur Dusche.

Es roch nach Virginia.

Ich wünschte, ich hätte mich mit ihr suhlen können, aber zu spät zu kommen und auch nach Sex zu riechen, schien keine gute Idee zu sein.

Jetzt wurde mir klar, dass ich nicht wusste, wie das Ding funktioniert.

Ich habe ein paar Knöpfe ausprobiert, aber ich konnte das Wasser nicht aus der Dusche bekommen.

30 Sekunden später musste ich meinen Stolz schlucken.

"Wie zündest du dieses verdammte Ding an?"

Ich schrie.

Sein Lachen war sowohl nervig als auch wunderbar.

KAPITEL 17

"Ich möchte Sie heute Abend zum Abendessen einladen", sagte Virginia vom Beifahrersitz aus.

Sie hatte beschlossen, mit mir zurückzukehren, um ihr Auto zu holen.

"Und ich will sehen, wo du lebst."

Die Geschäftsfrau war zurück.

Du hast dieses Mädchen in einen Bleistiftrock und eine Jacke gesteckt und plötzlich glaubt sie, sie könne die Welt regieren.

Er kannte sie bereits gut genug, um zu verstehen, dass sie wirklich fragte und nicht forderte.

"Mein Haus ist ein Schweinestall im Vergleich zu deinem", warnte ich ihn.

Ich versuchte mich zu erinnern, wie schmutzig es war.

Ich konnte mich nicht erinnern, wann ich das letzte Mal gut geputzt hatte.

"Das ist okay. Ich habe vor, dort sehr schmutzig zu sein", sagte sie und lächelte dann.

Meine Gedanken wurden schneller und ich fühlte eine kleine Rückkehr von der Hitze der Nacht zuvor.

"Mrs. Buttingson, markieren Sie Ihr Territorium?" Ich habe gescherzt.

Aber sie nahm es wirklich ernst.

"Ja, ich denke ich bin", antwortete sie.

Ihr rubinrotes Lächeln war köstlich.

"In diesem Fall nehme ich Ihre Einladung zum Abendessen an."

Ich liebte die Idee, dass sie mich beansprucht.

Normalerweise würde ich mich überfordert fühlen.

Aber mit Virginia wusste er, dass es nur sein Bedürfnis war, es zu kontrollieren, aber er verstand, dass es zerbrechlicher war als er sagte.

Oder vielleicht wollte er mich nur auf mehr als eine Weise verprügeln.

***

Janeth lächelte mich seltsam an, als ich an ihrem Schreibtisch vorbeiging.

Er stand auf, folgte mir in meine Kabine und lächelte, als ich mich umdrehte, um zu sehen, was er wollte.

"Hatten Sie letzte Nacht eine gute Zeit, Mr. Carrington?" Fragte sie mit wissenden Augen.

Die Frage war mir etwas peinlich. War ich so transparent?

"Ich bin nicht sicher, ob ich weiß, was du meinst", sagte ich unschuldig.

Ich griff nach einem Stück Papier auf meinem Schreibtisch und hoffte, es würde das unangenehme Gespräch passieren lassen.

"Darf ich?" Fragte er und hielt ein Taschentuch hoch, das er mitgebracht hatte.

Ich bin sicher, ich wurde rot, als ich mit dem Kopf nickte.

Sie packte mein Kinn wie eine besorgte Mutter und wischte mir den Lippenstift von der Wange.

Ich musste wirklich dringend ein paar Taschentücher besorgen.

"Gleiche Kleidung und unrasiert", lächelte er, als er mein Kinn losließ. "Ich glaube nicht, dass er letzte Nacht nach Hause gekommen ist."

"Sind alle Frauen so aufmerksam?" Ich fragte in meiner freundlichen Luft.

"Nur diejenigen, die sich um Sie kümmern, Mr. Carrington", antwortete sie mit einem Augenzwinkern.

Er drehte sich um und ging zurück zu seinem Schreibtisch.

Wenn es einen Grund gab, dieses Unternehmen zum Laufen zu bringen, war es da.

Er musste sie mit Geld in der Tasche sehen und sich nicht im geringsten Sorgen machen, ob einer ihrer Söhne nach Harvard aufgenommen würde.

Ich habe den Rest des Tages hart gearbeitet.

Jetzt, da ich mich nicht mehr um Kapital kümmern musste, war der Tag tatsächlich sehr produktiv.

Ich begann die Ideen umzusetzen, über die Virginia und ich gesprochen hatten.

Die meisten schienen jetzt offensichtlich zu sein, da sie einen Tag lang in meinem Kopf waren.

Sie hatte wirklich einen idealen Kopf fürs Geschäft.

Ich ging durch das Büro, sprach mit allen und versicherte ihnen unsere Stabilität.

Ich bekam mehr als ein paar lächelnde Blicke, die mich wissen ließen, dass sie mir vertrauten.

Ich gab Ralph grünes Licht, um einen Assistenten einzustellen.

Ich dachte, der Mann würde mich umarmen.

Ich habe es getan, um die Dinge zu beschleunigen und um die Sicherheit zu gewährleisten, falls Ralph etwas passiert.

Er dachte, er würde es tun, um seine überwältigende Arbeitsbelastung zu verringern.

Da ich egoistisch war, ließ ich ihn denken, dass seine Version korrekt war.

***

Janeth legte am Ende des Nachmittags auf.

Sie brachte eine Notiz mit einem weiteren ihrer seltsamen Lächeln an meinen Schreibtisch.

"Sie ist ein bisschen herrisch, aber ich glaube nicht, dass es dich interessiert, oder?", Sagte er und gab mir die Notiz.

Die Notiz enthielt den Namen eines Restaurants, 'The Meet', eine Adresse und eine Stunde um sieben Uhr.

Wie hat Janeth Virginia so schnell entdeckt?

"Hast du es aus einer Reservierung für ein Abendessen herausgefunden?" Fragen Sie ungläubig

"Wir haben mehr als dreißig Minuten geredet." Janeth unterdrückte ein Kichern. "Ich kann nicht auflegen. Ich mag sie trotzdem." Ich lächelte bei Janeths Einschätzung.

"Ich mag ihn auch", stimmte ich zu, "ihr zwei erzählt keine Geschichten über mich, oder?"

Ich war mir sicher, dass Virginia unsere Vereinbarungen privat halten würde.

Ich hatte Angst, dass meine Charakterfehler die Quelle des gemeinsamen Spaßes sein könnten.

Ich wollte nicht den ganzen Tag im Büro herumlaufen.

"Ich glaube, er hat mich gebeten, ein Spion zu sein." Janeth sah zufrieden aus. "Halten Sie Ausschau nach Wettbewerben und Berichten. Sie mag Sie wirklich."

Ich wurde rot

"Sind alle Frauen so faszinierend?" Fragte.

"Nur diejenigen, die sich um Sie kümmern, Mr. Carrington", antwortete sie mit einem Augenzwinkern. "Ich schlage vor, du gehst früh und räumst auf. Das schwarze Hemd, das du vor einer Woche getragen hast, sieht für diesen Anlass sehr gut aus."

Ich fragte mich, ob das Janeth oder Virginia war.

"Janeth?" Ich fragte mit einem falschen finsteren Ton.

"Ja, Mr. Carrington?" Fragte sie lächelnd.

Ich konnte nichts aus ihrem Blick ableiten.

"Nenn mich Richy", sagte ich fest.

Auch das könnte unsere Gespräche erleichtern.

Obwohl ich dachte, das schwarze Hemd ließ mich albern aussehen.

"Danke, Richy", lächelte sie, als sie lächelnd zu ihrem Schreibtisch ging.

Sekretär, Experte für Spionage und Mode.

Ich war in guten Händen.

KAPITEL 18

Ich war gerade rechtzeitig, als ich 'The Meet' betrat.

Ich hätte nicht gedacht, dass ich es schaffen würde.

Das Parken war schwieriger gewesen als erwartet.

Das Restaurant befand sich in einem alten Teil der Stadt, der gebaut wurde, bevor das Auto die Nation übernahm.

Am Ende wartete ich auf den Parkservice.

Wie erwartet wartete Virginia am Tisch.

Sein Lächeln war echt und sehr willkommen.

Es war ein öffentlicher Ort, also entschied ich mich dafür, nur ihre Wange zu küssen.

"Du siehst gut aus", kommentierte Virginia.

Ich habe mich dafür bestraft, dass ich nicht zuerst etwas gesagt habe.

"Danke. Sieht so aus, als hätte ich einen neuen Modeberater bei der Arbeit", kommentierte ich verschwörerisch.

"Ich mag Janeth wirklich", lächelte Virginia, "sehr organisiert und scheint dich gut zu kennen."

"Nun, du kannst froh sein zu wissen, dass sie dich auch gutheißt." Ich lächelte. "Ich fange an zu glauben, dass ich behandelt werde."

"Alle Männer werden behandelt, Schatz." Virginias Augen leuchteten. "Einige mehr als andere."

Seine Hand fand meinen Oberschenkel unter dem Tisch, etwas höher als politisch korrekt.

Sie zog seine Hand nach einem zarten Druck zurück, der später interessante Dinge versprach.

"Habe ich erwähnt, wie schön du bist?" Ich fand seinen Griff etwas aufregender als ich berechnet hatte: "Ich würde dich jetzt gerne nach Hause bringen und diese roten Lippen verschlingen."

Ich ließ sie in der Öffentlichkeit rot werden.

Seine Hand kehrte zurück und höher in Richtung meines Schrittes.

Sie nahm es ab, als sie meine Erregung spürte.

„Oh, ich liebe es, dass ich es geschafft habe, dir das anzutun." Und dann erschien die Geschäftsfrau. "Erst Abendessen, dann Dessert", befahl er fest.

Er konnte warten, wenn er musste.

Plötzlich änderte sich ihr Gesichtsausdruck und sie legte schnell ihre Handfläche gegen meine Wange. "Wenn es nicht dringend ist, meine ich ... ich will nicht ... weißt du, es tut weh."

Seine Besorgnis war offensichtlich.

Ich sah seine Besorgnis, seine Angst wurde durch unseren ersten gemeinsamen Tag bestätigt.

Ich habe das Publikum vergessen.

Ich brachte diese rubinroten Lippen näher zu meinen und stellte sicher, dass sie wusste, dass hier kein Risiko bestand.

Sie verschmolz mit mir.

Er konnte fühlen, wie seine Erleichterung und Kontrolle zurückkehrten.

"Erst Abendessen, dann Dessert", flüsterte ich, als ich den Kuss brach.

Ich liebte den Blick in seinen Augen.

Das hat dich erwischt.

Ich wusste, dass dies eine unvergessliche Nacht werden würde.

***

Ich war plötzlich überrascht, dass eine Frau unsere Zuneigung beobachtete.

Eine ziemlich gut gekleidete reife Blondine, die mit offenem Mund und Verwirrung in den Augen auf der Tischkante steht.

Sie war nicht wie eine Kellnerin gekleidet.

Virginia lachte und schnappte sich schnell eine Serviette, um den Lippenstift von meinen Lippen zu wischen.

Dies schien die Frau noch mehr zu überraschen.

"Richy, das ist Lydia. Mein Partner in dieser wunderbaren Zugabe, von der ich dir erzählt habe", sagte Virginia mit einem verdrehten "Rule the World" -Lächeln. "Lydia, das ist Richy."

Ich denke, sie wollte am Ende ihrer Präsentation noch etwas hinzufügen.

Aber sie überlegte es sich besser und beendete den Satz so.

Meine Gedanken flackerten immer wieder bei den Visionen von Lydia zwischen Virginias Beinen.

Ein Rivale störte mich.

"Hallo Lydia", sagte ich, ohne von meinem Platz aufzustehen.

Sie war schockiert genug, um den wütenden Kampf, den sie hatte, nicht zu sehen.

"Schön dich kennenzulernen, Richy." Lydia ließ es fast wie eine Frage klingen. "Virginia, du hast mir nicht gesagt, dass du einen Gast mitgebracht hast."

Lydias Überraschung begann sich zu verflüchtigen und wurde durch ein aufrichtiges Lächeln ersetzt.

Sie schaute weiter zwischen Virginia und mir hin und her und versuchte offensichtlich, uns herauszufinden.

Virginia ignorierte seinen Kommentar.

"Richy, warte, bis du das Essen dieser Frau probierst", beharrte Virginia mit Stolz auf ihre Stimme, "es wird dir das Wasser im Mund zusammenlaufen lassen. Die beste Investition, die ich je getätigt habe."

Die Aussage schien Lydia wieder in den Schockmodus zu versetzen.

Sie schien es nicht gewohnt zu sein, Virginia zu loben.

Das war also das Restaurantgeschäft der beiden.

"Ich freue mich darauf."

Ich versuchte mich nicht merklich in meinem Sitz zu bewegen.

Meine Hose war plötzlich unbequem.

Virginia würde dafür teuer bezahlen.

Ich versprach, jeden Moment meiner Rache zu genießen.

Ich fragte mich, ob Virginia die Länge von Lydias Zunge übertrieben hatte.

"Ich werde den Kellner finden, der für diesen Tisch verantwortlich ist." Lydias Gelassenheit kehrte zusammen mit ihrem einladenden Lächeln zurück. "Und sehen Sie, ob ich das Kochen etwas beschleunigen kann."

"Danke, Lydia", sagte Virginia und klang fast so, als würde sie sie entlassen.

Lydia suchte den Kellner auf.

"Das war besonders schlimm", sagte ich.

"Ich dachte, Sie brauchen vielleicht einen Kontext. Eine Geschichte ohne Kontext ist nur eine Geschichte", erklärte Virginia.

"Dir ist klar, was ich dir antun werde, wenn wir alleine sind ...", drohte ich.

"Ich zähle darauf", überlegte Virginia, "ich habe beschlossen, dass ich heute Abend vergewaltigt werden möchte. Wenn es zu viel für dich ist, könnte ich dich jetzt sofort ins Hinterzimmer bringen."

Sie war absolut ernst.

Ich denke, diese Sache mit Verleugnung und Schmerz würde uns für eine Weile belasten.

Solange ich wusste, dass das Ende in Sicht war, konnte mein Drang unterdrückt werden.

"Oh nein. Die Planung wird einige Zeit dauern", scherzte ich, "Entrückung ist eine Kunst, keine Wissenschaft."

Ich glaube, ich habe gesehen, wie sie sich ein bisschen windete.

Vielleicht war ich nicht der einzige mit einem peinlichen Gedanken.

***

Das Abendessen war so gut wie Virginia beschrieben hatte.

Ich hatte den leckersten gegrillten frischen Zackenbarsch, den ich je auf einem Bett aus Kohlgrün hatte.

Es schmolz praktisch in meinem Mund.

Lydia schickte den perfekten Wein an den Tisch, um unser Essen zu begleiten und den Anlass zu vervollständigen.

Virginia und ich unterhielten uns, lachten und genossen uns.

Ich war gern mit dieser Frau zusammen.

Kurz vor dem Ende des Essens entschuldigte sich Virginia, auf die Toilette zu gehen.

Er war nur ein paar Sekunden weg, als Lydia schnell auf Virginias Platz rutschte.

"Was hast du mit ihr gemacht?" sie fragte mit einem strahlenden Lächeln.

"Es tut uns leid?" Er wusste, was sie sagen wollte, war sich aber nicht sicher, wie er reagieren sollte.

ich blockierte

"Ich habe sie noch nie so glücklich gesehen", gab Lydia zu, "jetzt, wo ich darüber nachdenke, habe ich nicht gesehen, dass sie in der Öffentlichkeit etwas anderes gezeigt hat, als eine Schlampe zu sein."

Ich denke, sie dachte, ich würde ihren Kommentar verstehen.

Dass er es nicht als Beleidigung für Virginia ansehen würde.

Ich habe verstanden.

Ich beschloss, die Wahrheit zu sagen.

"Ich denke, das liegt daran, dass ich sie liebe", sagte ich mit ernstem Gesicht.

Lydias Gesicht leuchtete auf.

"Mein Gott, ich denke sie liebt dich auch", sagte er. "Ich hätte nicht gedacht, dass irgendjemand unter diese Hülle geraten würde. Bitte brich ihm nicht das Herz. Ich würde zum Beispiel nicht dabei sein wollen, wenn das passiert wäre."

Ich konnte mein Lachen nicht unterdrücken.

Mir kam das Bild einer wütenden Virginia, die durch die Welt wanderte, und Wellen von Menschen spürten ihre Wut, als sie vorbeiging.

"Was ist so lustig?" Virginia stand mit den Händen in den Hüften hinter uns.

Lydia zuckte die Achseln.

Ich lächelte und warf meinen Kopf zurück.

"Ich rede nur über dich, meine Liebe", sagte ich liebevoll.

Ich sah zu, wie Virginias Grimasse verschwand.

Er gab mir einen Rückwärtskuss und setzte sich auf einen leeren Stuhl.

Lydia schien nicht mehr dort sein zu wollen.

"Darf ich wissen, was gesagt wurde?" Virginia konsultierte ihren Ausdruck "Ich bin der Beste, der eine Antwort bekommt".

Lydia wusste nicht, was sie sagen sollte.

Aber die Wahrheit etwas modifiziert zu sagen, war der Schlüssel, mit all den guten Teilen, aber einigen kleinen Auslassungen.

"Ich habe Lydia gesagt, dass ich dich liebe. Sie hat mir gesagt, dass es besser ist, dein Herz nicht zu brechen." Ich genieße es wirklich, wenn ich recht habe.

Eine Virginia mit nassen Augen umarmte Lydia, als wären sie verlorene Freunde.

Lydias Verwirrung war gelinde gesagt sehr unterhaltsam.

Ihre Beziehung war nie über Sex hinausgegangen.

Soweit ich sehen konnte, bedeutete keine von Virginias früheren Beziehungen etwas für sie.

Bis zu mir waren sie alle Mittel zum Zweck und nichts weiter.

"Das bedeutet nicht, dass Sie in diesem Quartal Ihren Umsatz verlieren können", sagte Virginia unter Tränen, als sie sich die Augen abwischte.

Lydia lächelte, als die bekanntere Business Lady auftauchte.

"Ich würde nicht davon träumen, Sie zu enttäuschen, Mrs. ... Buttingson."

Lydia fing sich und verlor ihr Lächeln.

Seine Augen wanderten zu mir und dann schuldbewusst weg.

Um ihretwillen tat ich so, als hätte ich es nicht bemerkt.

Zum Glück tat Virginia dasselbe.

"Ich freue mich sehr für euch beide." Lydia erholte sich schnell und stand auf. "Ich muss mich um die anderen Kunden kümmern, also genieße den Rest des Abends."

Wir trennten uns anmutig, als er ging und die Tische auf dem Weg überprüfte.

Als sie außer Hörweite war, wandte ich mich an Virginia.

"Ihre Geschichte hinterließ den Eindruck, dass sie eher wie eine Freundin war", sagte ich mit einem Augenzwinkern.

"Ich dachte, es würde dir so besser gefallen", sagte Virginia und lächelte wieder böse.

Er lehnte sich an mein Ohr und flüsterte:

"Ich dachte nicht, dass du etwas über die Streifen hören wolltest, die ich auf ihrem Hintern erzielt habe, oder wie viel sie gelernt hat, sie zu genießen."

Ich fühlte eine Kälte durch mich gehen.

"Wirklich?" Ich stotterte.

Neue Visionen tauchten hinter meinen Augen auf.

"Das Mädchen ist köstlich chaotisch, wenn sie kommt", flüsterte Virginia und kitzelte mein Ohr, "der Anblick, wie sie verwelkt und die Laken bedeckt, war so schön."

Das Leben mit Virginia würde niemals langweilig werden.

Mein Schwanz liebte einfach ihre Stimme.

"Ich bringe dich jetzt nach Hause", informierte ich ihn.

Es war vielleicht ein peinlicher Spaziergang zum Auto, aber das Warten war nicht mehr sehr wünschenswert.

"Ich dachte du würdest nie fragen", flüsterte sie.

"Ich habe nicht", sagte ich ihm mit falschem Mut.
Virginia lachte und ließ mich glauben, ich sei verantwortlich.

KAPITEL 19

Diese Nacht und die folgenden Nächte und Tage waren die besten meines Lebens.

Wir haben die Grenzen jedes einzelnen gelernt und sie dann erweitert.

Das war eine ganz neue Welt für mich.

Es war ein ganz neues Universum für sie.

Über ihre roten Lippen in meinen Träumen.

Es waren gute Träume.

Es hat mich immer wieder überrascht, wenn mich diese Rubine am Morgen weckten.

Und das Unternehmen war auf der gleichen Überholspur wie mein Herz.

Mein Team war in Bewegung.

Alles, was wir getan haben, roch nach Rosen.

In unseren Träumen sahen wir alle Dollarzeichen.

***

Freitagabend war meine erste Ruhe im Paradies.

Virginia hatte zuvor eine Verlobung.

Eigentlich fühlte ich mich gut dabei.

Ich war mir nicht sicher, ob wir noch viel länger mit dem Tempo mithalten konnten.

Das sagte außerdem, dass der Samstag ganz mein sein würde.

Ich dachte, ich könnte es für eine Nacht dem Rest der Welt leihen.

Also verbrachte ich Freitag Nacht damit, meine Wohnung zu waschen und zu putzen.

Ich musste über die Ironie lachen.

Hier war er in einer festen Beziehung, aber am Freitagabend war er allein.

Mein armer Penis könnte den Rest sowieso ausnutzen.

KAPITEL 20

Ich kam am Samstagmorgen bei Virginia vorbei.

Unnötig zu sagen, dass er sehr gut gelaunt war.

Wir hatten vor, einen Spaziergang durch den Zoo zu machen und zum Mittag- oder Abendessen auszugehen, je nachdem, was zuerst zu uns kam.

Und ungeplante sexuelle Begegnungen wären selbstverständlich.

Obwohl ich anfing zu denken, dass Virginia tatsächlich die meisten von ihnen plante.

Ich akzeptierte die Illusion, weil sie zu mir passte.

Aber mein Leben war erschüttert, als ich die Tür öffnete.

Virginia war nackt und kniete auf dem kalten Marmor in der Mitte der Eingangshalle.

Seine Hände waren hinter seinem Rücken und Blut floss aus seinem Mund.

Er wiederholte "Es tut mir leid" wie ein Mantra, während er in den Weltraum starrte.

Ich erstarrte für eine Sekunde und dachte, es sei vielleicht ein Trick.

Ich löste mich aus der Trance, rannte zu ihr und rief ihren Namen.

Er hatte überall blaue Flecken und seine Augen sahen mich nicht.

Ich zog sie zu mir, um sie dazu zu bringen, mich zu erkennen.

Sie hyperventilierte ihr Mantra und wusste nicht einmal, dass ich dort war.

Mein Herz brach.

Jemand hatte meinen Porzellanengel zerstört.

Ich hielt es fest, während ich das Telefon aus meiner Tasche zog.

Aber zwei starke Hände packten mein Hemd, hoben mich hoch und warfen mich gegen die Wand.

Der kleine Teil meines Rückens traf die Fliesen und lähmte kurz meine Wirbelsäule.

Mein Telefon flog weg.

Durch die Sterne, die in meinem Kopf erschienen, sah ich eine Art Menschenberg auf mich zukommen.

Ich rappelte mich auf und versuchte, eine Art Verteidigung zu bilden.

Schneller als ich reagieren konnte, legte sich eine große Hand um meinen Hals, drückte mich an die Wand und begann mich hochzuheben.

Die andere Hand traf meinen Bauch.

Ich erstickte in meinem eigenen Erbrochenen.

"Also bist du der Hurensohn, der den Kopf meiner Schwester mit Scheiße gefüllt hat", knurrte er.

Seine Augen ließen keinen Raum für Gnade.

Ich bemühte mich, an seinem Arm zu ziehen, um die Spannung an meinem Hals zu lockern.

"Sie gehört mir, kleiner Käfer. Das war sie schon immer."

Seiner Aussage folgte eine weitere Faust.

Er konnte nicht genug atmen, um zu schreien.

Überleben macht seltsame Dinge mit dem Geist.

Es weckt Erinnerungen an Dinge, an die Sie seit Jahren nicht mehr gedacht haben.

Ich hatte einmal einen Selbstverteidigungskurs, volle vier Stunden in der Armee.

Es war kurz bevor unsere Einheit für kurze Zeit nach Afghanistan entsandt wurde.

"Die Amerikaner kämpfen nicht fair", sagte der Sergeant, "wir verwenden Technologie und Logistik, um unsere Gegner zu töten, bevor sie wissen, dass sie sich in einem Kampf befinden. Aber wie immer werden die Dinge kompliziert und Sie können sich selbst finden." In einem fairen Kampf. Die Taliban haben nicht die Kraft unserer Technologie oder Waffen. Sie sind voll von Hand-zu-Hand-Training. Ich habe nur vier Stunden Zeit, um ihnen beizubringen, wie man einen fairen Kampf überlebt. Leider würde das Jahre dauern, also werde ich es tun lehre zu betrügen. " Ich konnte immer noch seine heisere Stimme hören. "Sie werden alles, was sie finden, als Waffe benutzen. Sein Helm, der an seinem Kinnriemen hängt, ist ein wunderbarer Streitkolben. Stark genug, um Knochen zu brechen. Sein Team trägt eine mit Wasser gefüllte Kantine. Aber was auch immer Sie tun, versuchen Sie nicht, diese Jungs mit Ihren Fäusten zu bedrohen. Sie werden überwunden. Also schlagen Sie sie besser mit dem Kolben Ihres Gewehrs zu Tode. Alles, um sie auf Distanz zu halten. Wenn alles andere fehlschlägt, möchte ich, dass Sie sich daran erinnern: in Augen und Ohren. Fick sie und sie werden sie gehen lassen. Und die Ohren kommen heraus wie Bananenschalen; sie werden sie gehen lassen. "

Alles andere war gescheitert.

Ich starb langsam.

Ich ließ seinen Arm los, tauchte tiefer in den Choke ein und packte dann seine Ohren.

Sein Schrei war lauter als ich erwartet hatte, als ich mit aller Kraft zog.

Der Sergeant hatte recht: Er ließ mich frei.

Ich ließ sein Fleisch fallen, schnappte mir die Wohnzimmerlampe und drehte sie um.

Das Geräusch wurde widerlich, als der Sockel der Lampe in die Seite seines Gesichts sank.

Er fiel auf die Knie und fiel auf den Boden.

Plötzlich herrschte nur noch Stille außer Virginias Mantra.

Ich ließ die Lampe fallen und warf dann mein Frühstück.

Ich kroch keuchend zu meinem Handy.

Alles war gestorben.

Alle meine Träume, zumindest die, die wichtig waren, waren verschwunden.

Ich wählte 911 und kroch zu meiner zerschmetterten Liebe.

Sie konnte mich nicht sehen oder hören.

Alles, was sie war, war zusammengebrochen.

Ich hielt sie so, bis ich von ihr weggezogen wurde und ihr Mantra immer noch hallte.

Und ich habe dann gebrochen.

KAPITEL 21

Die folgenden Monate waren eine Vorschau auf die Hölle.

Die Boulevardzeitungen griffen die Geschichte auf und die Mainstream-Presse verfolgte sie.

Schmutzige Geschichten fütterten die Zeitungen.

Reichtum, Inzest, Vergewaltigung, Prügel und Virginia verloren nirgendwo.

Sie war das, was ihr Bruder geschaffen hatte.

Nur eine bittere Schale, die durch jahrelange Qualen geschmiedet wurde.

Ich konnte es in der Muschel finden, aber eines Morgens verlor ich es.

Die Welt war schwarz für mich; Es gab keine Farbe mehr.

Ich habe mich voll und ganz dem Unternehmen verschrieben.

Ich wurde ein diktatorischer Chef, der aus Hass geboren wurde und nirgendwo hingehen konnte.

Ich wollte und brauchte andere, um meinen Schmerz zu fühlen.

Ich ging eines Morgens früh, nachdem ich Janeth zu Tränen gerührt hatte.

Ich ging durch die Straßen und fand wenig Erleichterung von meiner Not.

Sowohl der Angestellte als auch der Künstler versuchten, es mir auszureden.

Sie hatten die Geschichten gehört und mein Gesicht erkannt.

Aber das Geld kaufte den Schmerz.

Seine Gier überwand die Vernunft.

Genieß es.

Es war meine 'Peitsche' nach Wahl.

***

Ich bin an diesem Nachmittag selbst als Medium zurückgekommen.

Ich entschuldigte mich unter Tränen bei Janeth.

Und ich entschuldigte mich peinlicher bei den anderen.

Sie alle verstanden es, würden es aber nie ganz verstehen.

Am nächsten Tag kam ich wegen weiterer Schmerzen zurück.

Ich liebte das Gefühl, geschnitzt zu werden.

Ich erinnerte mich an sie und vergaß, was ich an diesem Samstagmorgen gesehen hatte.

Ich habe meinen Hund vermisst.

***

Sie ließen sich in diesem ersten Monat von niemandem sehen.

Ich war niedergeschlagen, als sie sich weigerte, mich das nächste Mal zu sehen.

Ich fügte meinem Tag mehr Schmerz hinzu.

Es würde nicht genug sein.

Es war Lydia, die mich betrunken und auf dem Dach meines Gebäudes fand.

Er würde nicht springen, obwohl das Fallen eine andere Möglichkeit war.

Sie, die einzige Person, die die Hälfte von dem wusste, was mit mir geschah, umarmte mich.

"Niemand wusste es, Richy", sagte er zu meinem betrunkenen Ich.

"Er hat es kaputt gemacht, weil ich nicht da war!" Ich schrie.

Aber ich rührte mich nicht von seiner Umarmung.

Es erinnerte mich an Virginia.

"Gib ihr einfach Zeit. Unsere Virginia wird in kürzester Zeit zurückkehren und uns schicken", überlegte er und umarmte mich fester.

Ich musste darüber lachen.

Dieser erste Tag mit Virginia war ein Fluch gewesen.

Aber ich würde mich von nun an jeden Tag ändern, um diesen Fluch einfach wieder zu leben.

Zumindest verstand Lydia.

***

Wir verbrachten den Nachmittag damit, Virginia-Geschichten auszutauschen.

Auf ihre Weise liebte Lydia Virginia.

Virginia führte zu einem großen Erfolg bei 'The Meet' und enthüllte Lydia Teile von sich, die verborgen geblieben waren.

Virginia hatte immer einen unkontrollierten Kontakt befürchtet.

Lydia war einmal zu weit fortgeschritten und von Virginias Wut betroffen.

Es war meine Massage, die ich von der Kreuzfahrt kopiert hatte und die begann, in ihre Muschel einzubrechen.

Langsamer Start und kontrollierte Laufruhe.

Es schürte ihr unterdrücktes Bedürfnis nach menschlicher Berührung.

Seine Verwirrung, vermischt mit Wut, als ich mit seinem Arsch umging, ergab einen Sinn.

Vieles von dem, was mit Virginia passiert ist, machte im Gespräch mehr Sinn.

"Ich wünschte nur, sie würde mich sie besuchen lassen", sagte ich, als der Alkohol langsam aus meinem System verdunstete.

"Glaubst du, das würde sie aufhalten?" Fragte Lydia fest. "Wenn du ihr sagst, dass sie dich nicht sehen kann, denkst du, das würde sie dazu bringen, ihre Meinung zu ändern?"

Ich lächelte bei dem Gedanken.

Ich hatte mich in Selbstmitleid gewälzt, während die Frau, die ich liebte, sich in ihrer wälzte.

"Fick nein!" Ich antwortete: "Sie würde mich beugen und mich auf Händen und Knien kriechen lassen, um um Vergebung zu bitten."

Lydia nickte mit einem wissenden Lächeln.
Ich gab Lydia einen Kuss auf die Wange.
"Ich werde meinen Hund zurückholen."

KAPITEL 22

Virginia befand sich in einer privaten Einrichtung außerhalb der Reichweite der Presse.

Es war der beste Ort, den sein Geld kaufen konnte.

Es war eher ein Country Club als eine Nervenklinik.

Ich ging an einem Montag mit einem bis zum Rand geladenen Kindle in den Besucherbereich.

Ich hatte einen Plan und es würde ein paar Tage dauern, ihn umzusetzen.

Er wusste, dass sie stur war und Virginia hieß.

"Bitte informieren Sie Virginia Buttingson, dass Richard Carrington hier ist, um sie zu besuchen."

Er wusste bereits, wie die Krankenschwester antworten würde, aber an einem Ort wie diesem würde die Anfrage aus Virginia kommen.

Ich setzte mich und machte es mir im Wartezimmer bequem.

Und während ich lese.

***

Ich wiederholte die gleiche Operation nach dem Mittagessen, setzte mich und las noch etwas.

Noch zwei Tage wiederholte ich den Vorgang.

Der einzige Vorteil ist, dass ich meine zu lesende Liste nach oben verschieben konnte.

Am vierten Tag köderte ich den Haken etwas mehr.

"Bitte informieren Sie Virginia Buttingson, dass Richard Carrington seit vier Tagen nicht mehr arbeitet."

Die Augenbrauen der Krankenschwester schossen auf meine Bitte hoch.

"Wort für Wort, wenn du so nett wärst."

Ich setzte mich und begann zu lesen.

Ich konnte nicht einmal ein Kapitel beenden.

Carrington, sagte die Krankenschwester.

Sie hatte ein Lächeln im Gesicht.

Ich denke, wir hatten uns in den letzten Tagen verstanden.

"Dr. Hincking möchte, dass Sie ihn in seinem Büro sehen."

Ich stand mit einem ziemlich selbstgefälligen Gesichtsausdruck auf.

Mein Baby machte sich immer noch Sorgen um ihre Investitionen.

Sie konnte nicht vollständig gegangen sein.

"Mr. Carrington ..."

Aber ich habe den Arzt schnell unterbrochen.

"Richard, bitte." Er war immer noch ein bisschen lebhaft.

"Okay, Richard", fuhr der Arzt fort, "Mrs. Buttingson hat zugestimmt, sich mit Ihnen zu treffen, solange ich anwesend bin. Ich glaube, sie möchte, dass ich als Puffer fungiere. Sie sind möglicherweise nicht zufrieden mit dem Ergebnis."

Ich lächelte den Arzt an.

Er hatte keine Ahnung, was Virginia brauchte.

Er brauchte seine Muschel zurück und dieser Idiot versuchte wahrscheinlich, sie für immer zu zerstören.

"Es macht dir nichts aus, wenn ich ein bisschen optimistischer bleibe, oder?"

Er klang wie ein großes Arschloch, aber das würde Virginia sagen.

Sie würde dabei besser aussehen.

Der Arzt verlor die falsche Freundschaft, die er projizieren wollte.

"Ihre Schamlosigkeit ist tiefgreifend, Richard. Ich möchte nicht, dass Sie rückgängig machen, wie weit Sie gekommen sind."

Der Arzt wurde regelmäßig behandelt.

Das würde mit Virginia niemals funktionieren.

Sie brauchte mein Leimmittel, um sie wieder zusammenzusetzen.

"Behalten Sie Ihre Kommentare zu 'heute' bei; machen Sie keine Versprechungen, die nicht eingehalten werden können. Sie braucht Stabilität und solide Wahrheiten, keine Träume."

"Hat sie angegeben, dass sie mir was sagen soll?"

Ich wurde übermütig.

Ich sah die Irritation im Gesicht des Arztes, als er bemerkte, dass er möglicherweise nicht kooperieren würde.

So fühlten sich die Leute, als Virginia ihr ganzes Gewicht herumwarf.

Es war ein bisschen berauschend.

Er konzentrierte sich nur auf sein Ziel und ruinierte alle, die versuchen, ihn zu bremsen.

"Okay. Ich lasse dich jetzt wissen, dass ich dir davon abgeraten habe." Der Arzt war wütend, aber ich war begeistert. "Ich bin der Meinung, dass seine Art von Beziehung ihm nichts nützen wird. Jetzt braucht er eine traditionellere Beziehung." Ich lächelte über seine Unwissenheit. "Nun, ich habe sie so gut ich konnte gewarnt. Ich werde als Vermittlerin fungieren und ihre Meinung Gehör verschaffen. Halten Sie den Besuch herzlich und seien Sie bitte nicht böse auf sie, wenn sie die Dinge nicht so sieht."

"Das ist nicht antagonistisch. Ich verstehe, Doktor."

Ich lächelte bei ihrem Seufzer.

Ich hatte mehr Spaß als ich hätte haben sollen.

Der Arzt war sowieso ein pompöser Arsch.

Er nahm den Hörer ab und forderte seine Sekretärin auf, Virginia hereinzulassen.

Virginia kam herein und ich versuchte nicht zusammenzucken.

Es schien, als hätte es sich verdoppelt.

Sie sagte schwach "Hallo", mit einer zusätzlichen Dosis Schüchternheit.

Ich nickte nur und sah sie langsam, fast wackelig, auf die andere Seite der Couch gehen.

Ein guter Abgrund von vier Lederfüßen trennte uns.

Ich ließ den Idioten das Gespräch führen.

Er verbrachte einige Minuten damit, über Heilung und Neuanfang zu monologisieren.

Es ging durch ein Ohr hinein und durch das andere heraus.

Ich denke, Sie haben beschlossen, einige emotionale Übungen zu machen.

Es war sein Fehler, nicht meiner.

"Nun Virginia, wenn du Richard ansiehst, was siehst du?" er fragte klinisch.

Ich sah Virginia an, die Schwierigkeiten hatte, mich anzusehen.

Seine Schande war offensichtlich; Seine Kraft war ihm genommen worden.

"Angst", sagte er leise, "vielleicht Scham und Verlust."

Sie bedeckte ihre Augen, bevor sie fertig war.

Sogar ihre Lippen hatten ihren Glanz verloren.

"Das ist schwieriger als ich dachte", sagte er und sah auf die Couch.

"So heilen wir, Virginia", tröstete der Arzt sie.

Dann machte er seinen zweiten Fehler.

Das erste war, mich in den Raum zu lassen.

"Was siehst du, wenn du Virginia ansiehst, Richard?"

"Jemand fürs Leben", antwortete ich schnell und deutlich.

Ich sah Virginia direkt an, unerschütterlich in meiner Hingabe.

Sein Kopf schnappte nach meinem Wort.

"Kannst du das klarstellen?" Der Arzt fragte nervös.

"Macht nichts", war er bereit, den Arzt zu betäuben.

Diese 'blöden' Typen sind alle gleich.

Zu viele Wörter, aber nicht genug Gefühl.

Virginia sah mich an.

Ich sah, dass seine Kraft zurückkehrte.

"Ich dachte, wir haben darüber gesprochen, keine Versprechungen zu machen, Mr. Carrington."

Der Arzt wurde immer gereizter.

Ich glaube, er hatte das Gefühl, ihn zu ignorieren.

Und so war es.

"Ist das egal?" Fragte Virginia etwas klarer.

Sein Körper lehnte sich an meinen.

Ich war sein Kleber.

"Nein, ich habe es schon gesagt."

Ich habe meine Augen nie von ihren genommen.

Ich sah ihre Angst verblassen, was mich zum Lächeln brachte.

Sie lächelte mich an.

Es war sein freundliches, einladendes Lächeln.

Wir waren fast da.

"Ich denke ich muss fertig werden ..."

Ich unterbrach den guten Arzt, bevor seine Therapie mein Mädchen lebenslang ruinierte.

"Halte den Mund, halt den Rand, Halt die Klappe!" Ich bestellte mit Gift.

Er trug mein Gesicht "Ich werde dir die Ohren abreißen", als ich mich zu ihm umdrehte.

Überraschenderweise schloss er seinen verdammten Mund.

Ich kehrte mit meinem Lächeln nach Virginia zurück.

Sie war vollständig über die Couch gekrochen und bewegte sich langsam auf mich zu.

Ich bewegte mich nicht auf sie zu.

Warten.

"Ist das egal?" wiederholte er, als er noch näher kam.

Sein Lächeln und seine Augen wurden kräftiger.

Mehr von ihr war zurück.

Es gab nur noch eins zu sagen.

"Ja, Herrin."

Ich habe alles, was ich hatte, in diese beiden Worte gesteckt.

Ich hörte den Arzt nach Luft schnappen.

Virginia sprang vor und in meine Arme.

Seine Augen waren wieder lebendig.

Sie legte ihre Wange neben meine.

"Ich muss dich fesseln, dich zurückhalten", flüsterte sie.

Ich konnte ihr Bedürfnis nach Kontrolle spüren.

Sie hatte in den letzten zwei Monaten so viel verloren.

"Ein paar Meilen weiter gibt es einen Baumarkt."

Ich war verlobt.

Sie war alles wert.

"Es könnte dich verletzen."

Sie schluchzte fast, als sie das sagte.

Er wiegte meinen Kopf in seinen Händen und sah mich mit nassen Augen an.

Ich wurde gequält von dem Bedürfnis, mich selbst vollständig zu kontrollieren und mich selbst zu lieben.

Ich sah nur Liebe.

Ich streckte die Hand aus, zog am Kragen meines Hemdes und riss es fast auf, um meine linke Brust freizulegen.

Ein kunstvolles Tattoo mit der Aufschrift "Virginia" war über meinem Herzen.

Komplizierte Kunst, geboren aus stundenlangem Schmerz.

Ich wollte sie jenseits aller Vernunft und würde akzeptieren, was sie von mir brauchte.

Er begrüßte mich.

Virginia erhob sich anmutig und sah den Arzt mit Verachtung an: "Ich gehe, Doktor."

Die Schlampe war zurück.

Der Arzt nickte nur weise.

Ich glaube, ich habe ein wenig Angst in seinen Augen gesehen.

Wir haben weniger als fünfzehn Minuten gebraucht, um da rauszukommen.

Das normale Verpacken wurde zugunsten der schnellen Methode "Alles wie man sie fallen lässt" ignoriert.

Als er seinen Koffer schloss, kam ihm etwas in den Sinn und er sah mich mit ernsten Augen an.

"Wäre es okay, wenn wir nie über meine Familie sprechen würden?" Sie fragte mich.

Auch die letzte "kampfempfindliche" Drift hat sich nicht geheilt.

"Ich wünschte, wir hätten nie über sie gesprochen", antwortete ich.

Ich verfluchte den Tag, an dem ich seinen Bruder traf und vermutete, dass auch der Rest seiner Familie stinken würde.

Virginia lächelte und packte die Haare in meinem Hinterkopf und brachte meine Lippen zu ihren.

Ich spürte seine Stärke in dem Kuss und er wanderte direkt zu meiner Leiste.

Sie teilte meine Lippen und zeigte auf ihren Koffer.

Ich lächelte und hob es auf.

"Ich werde dich verletzen, weil ich es brauche. Ich werde es nicht leugnen", sagte Virginia mit einem bösen Lächeln, "und wir müssen aufhören, um einen Lippenstift zu kaufen."

Es war zwei Monate her, seit ich eine Erektion hatte.

Mein Schwanz machte die verlorene Zeit wieder gut.

"Ich liebe es, dass ich dir das antun kann", schnurrte sie, als sie zwischen meine Beine sah.

Die Nacht war exquisit.

ENDE

DOMINATRIX, EHEBERATERIN

ERSTER TEIL:
20 Jahre Ehe

KAPITEL 1

Es war eine weitere Nacht mit langweiligem Sex.

Aber keiner von ihnen beschwerte sich.

Nach 20 Jahren Ehe war Sex mehr Routine geworden als alles andere.

Rachel ging wieder ins Bett, nachdem sie sich zwischen ihren Beinen gewaschen hatte.

Sie machte das Licht aus, ging unter die Decke und legte sich neben ihren Mann.

"Das war schön", sagte er.

"Es war", antwortete Roger. "Ein bisschen besser seit den Jungs, die aufs College gehen, oder?"

Sie stupste ihn mit ihrem Ellbogen an.

"Was für eine schreckliche Sache, die du sagst."

"Aber du musst zugeben, dass es gut ist, dass wir die Dinge nicht länger ruhig halten müssen. Und wir können die Tür offen lassen."

Rachel dachte einen Moment nach.

"Ich denke schon. Aber ich vermisse sie immer noch so sehr."

"Ich auch."

Sie schloss die Augen.

"Gute Nacht."

"Gute Nacht, Schatz", antwortete er und küsste sie auf die Stirn.

KAPITEL 2

Der nächste Tag war ein typischer Arbeitstag für Rachel.

Sie war Buchhalterin bei einer mittelständischen Wirtschaftsprüfungsgesellschaft.

Mit dem jüngsten Wirtschaftswachstum in der Innenstadt hatte er viel Arbeit für neue Kunden zu tun.

Während des Mittagessens aß sie mit derselben Gruppe von Frauen, die sie in den letzten Jahren gegessen hatte.

Sie sprachen über ihre üblichen Themen: Klatsch, Unterhaltungsnachrichten, Familie, ihre Kinder, neue Rezepte usw.

Sie waren alle beste Freunde und genossen immer die Gesellschaft des anderen.

Es war fast sechs Uhr nachmittags, als Rachel nach Hause kam.

Rogers Auto stand bereits in der Einfahrt.

Als er das Haus betrat, war es besonders ruhig.

Roger sagte immer schnell "Hallo".

Sie rief ihn an, bekam aber keine Antwort.

Als Rachel die Küche betrat, schlang ein Paar Arme von hinten um ihren Körper.

Seine Hände berührten lasziv seine Brust.

Sie schrie laut auf.

"Es ist in Ordnung!" sagte er und ließ sie los. "Ich bin es! Ich bin es!"

Er drehte sich schnell um und sah einen fassungslosen Ausdruck auf Rogers Gesicht.

Er hatte offensichtlich nicht erwartet, dass seine Frau so reagieren würde.

"Gott! Roger! Erschreckst du mich nie wieder so!"

"Wollte dich überraschen".

"Wie war das eine Überraschung?" sie war wütend. "Du hast mich bei Tageslicht erschreckt. Ich dachte, sie greifen mich an!"

"Entschuldigung. Ich habe nur versucht, romantisch zu sein."

"Es ist nichts Romantisches daran, so berührt zu werden."

"Entschuldigung. Ich werde es nicht wieder tun."

Rachel nahm sich einen Moment Zeit, um sich zu beruhigen.

"Ich wollte nicht so wütend werden. Es ist nur, bitte, etwas rücksichtsvoller über deine Überraschungen, okay?"

"Wir haben nie mehr Spaß. Hast du es bemerkt?"

"Bitte Roger, ich bin momentan nicht in der Stimmung dafür."

"Okay", stimmte er besiegt zu.

Rachel drehte sich um und ging ins Schlafzimmer, um sich umzuziehen.

Er setzte sich auf das Bett und seufzte.

KAPITEL 3

Der nächste Tag.

Rachel war am Computer und erledigte ihre Buchhaltungsarbeiten.

Sein Telefon klingelte.

Es war ihr Ehemann.

Sie nahm den Anruf entgegen und als Roger ihr sagte, dass es wichtig sei, sagte sie, sie solle einen Moment warten, während sie nach draußen ging, um mehr Privatsphäre zu haben.

Er fragte sich, worum es bei dem Anruf ging.

Roger rief selten an, während sie bei der Arbeit war.

Er nahm an, dass es nicht an ihrem gestrigen Kampf liegen konnte, weil er ihn in dieser Nacht bereits repariert hatte.

"Ja?" Er sagte, als er draußen war, weg von den anderen Mitarbeitern.

"Lass uns nächste Woche einen Ausflug machen", antwortete er unverblümt. "Es gibt einen ruhigen Ort, an dem wir in Küstennähe fahren können."

"Ich kann es wirklich nicht. Die Dinge sind gerade sehr beschäftigt mit meiner Arbeit."

"Meins ist auch so. Aber wir können ein Loch machen. Wir können nächsten Freitag gehen und das Wochenende bleiben. Nehmen Sie sich einfach einen Tag frei von der Arbeit."

"Aber das ist nicht nötig", antwortete sie und versuchte mit ihm zu argumentieren. "Ich bin nicht sauer auf dich. Haben wir das letzte Nacht nicht geklärt?"

"Es geht nicht um gestern. Es geht um unsere Ehe."

Diese Worte versetzten Rachel einen totalen Schock über den Rücken.

Er hatte immer angenommen, dass ihre Ehe stark war und dass sie Roger alles gab, was er jemals von einer Frau gewollt hatte.

"Ist unsere Ehe in Schwierigkeiten?" Sie fragte.

"Sprich nicht so. Aber es gibt einen Weg, unsere Ehe ... besser zu machen ..."

Ein weiteres Signal lief ihm über den Rücken.

"Worum geht es bei dieser Reise?"

"Ich denke, es gibt jemanden, der uns helfen kann."

"Ein Eheberater?" sie fragte überrascht.

Er blieb einen Moment stehen.

"Ja. So ähnlich. Ein Eheberater."

"Uns geht es nicht so schlecht, oder? Ich dachte ... ich dachte ..."

Rachels Stimme wurde erstickend und ihre Augen tränten.

"Wir machen nichts falsch", antwortete er und versuchte sie zu beruhigen. "Aber ich denke, wir können uns verbessern. Darüber habe ich eine Weile nachgedacht."

"Gut. Wenn du denkst, es ist das Beste."

"Danke Schatz. Es tut mir leid, dass ich dich bei der Arbeit angerufen habe. Es ist eine Last-Minute-Sache. Sie hatte eine Last-Minute-Stelle in ihrem Zeitplan und sie wollte sie ausnutzen."

Rachel hob eine Augenbraue.

"Sie? Ist der Berater eine Frau?"

"Ja."

"Was weißt du über diese Person? Warum müssen wir für sie so weit reisen?"

"Ich werde es später erklären. Aber sie hat einen einzigartigen Ruf. Und ich denke, sie wird Wunder für uns tun."

"Wenn du das willst, dann ist das in Ordnung."

"Ich bin froh, dass Sie dafür offen sind. Wir werden die Details heute Abend besprechen."

"Okay, tschüss."

"Auf Wiedersehen."

Der Anruf wurde beendet und Rachel war mit ihrem Telefon in der Hand verblüfft.

Eine Bombe war auf sie gefallen, aber sie erkannte, dass sie alles tun würde, um ihre Ehe stark zu halten.

KAPITEL 4

Einige Tage spater.

Rachel stand im Zimmer und faltete die Kleidung für die nächste Reise zusammen.

Sie wusste, dass das Wetter heiß werden würde, also packte sie die T-Shirts, Shorts, Sandalen und Badeanzüge, die Roger ihr mitbringen sollte, da sie nahe am Strand sein würden.

Sie wollte nicht gehen, nicht nur, weil die Idee sie Tausende von Dollar kosten würde, sondern weil sie viel Zeit an ihrem Arbeitsplatz verbringen musste, und dieser verschwendete Tag würde ein Tag sein, den sie wieder gutmachen musste.

Aber wenn dies das Beste für seine Ehe war, dann wollte er nicht darüber streiten.

Was ihn am meisten störte, war, dass Roger in Bezug auf die Eheberatung ungewöhnlich kurz und vage war.

In all ihren Ehejahren waren sie immer offen für alles gewesen.

Es hatte nie irgendwelche Geheimnisse gegeben.

Es gab nie Lügen.

Deshalb war ihre Ehe so erfolgreich.

Bis jetzt...

Er fragte sich lange, warum Roger einen Berater sehen wollte.

Was passiert mit unserer Ehe?

Ich fand alles in Ordnung.

Ich fand alles perfekt zwischen uns.

Ist es Sex?

Bin ich nicht mehr gut genug

Willst du noch jemanden?

Hat er eine Affäre?!

Der Koffer war fast voll.

Alles was noch passen musste war der Badeanzug.

In ihrem Schrank war ein altes Paar.

Was sie seit Jahren nicht mehr benutzt hatte.

Er zog sich vor dem Spiegel aus.

Sie sah seinen nackten Körper an.

Die leichten Linien in seinem Gesicht waren gewachsen.

Ihre zuvor sehr frechen Brüste hatten begonnen zu hängen.

Seine Hüften wurden trotz der Aerobic-Übungen dicker.

Die Wahrheit ist, es ist kein Wunder, dass Roger einen Berater sehen möchte.

Sie zog ihren Badeanzug an und posierte damit vor dem Spiegel.

Das wird dir gefallen.

In diesem Moment verließ Roger sein Heimbüro und näherte sich Rachel mit einem Stirnrunzeln.

"Was geschieht?" sie fragte, immer noch in ihrem Badeanzug.

"Ich habe gerade mit meinem Chef telefoniert. Einer unserer Kunden hat gerade eine Klage in Höhe von mehreren Millionen Dollar erhalten. Ich kann diese Reise nicht mehr machen."

Sie sah ihm in die Augen und wusste, dass Roger die Wahrheit sagte.

Ein Hoffnungsschimmer kam Rachel in den Sinn.

Ich war froh, dass die Reise wahrscheinlich abgesagt wurde.

"Das ist sehr schlimm", antwortete sie. "Bedeutet das, dass die Reise abgesagt wird?"

"Es macht keinen Sinn, die gesamte Reise abzusagen, da ich bereits für die Flüge und die Beratungsvereinbarungen bezahlt habe. Sie sollten alleine gehen."

Sie war überrascht.

"Soll ich einen Eheberater alleine sehen? Was bringt das?"

Der Seufzer.

"Rachel, ich liebe dich so sehr. Ich liebe dich mehr als alles andere. Du bist die Liebe meines Lebens."

"Oh Gott, du hast eine Affäre. Bist du nicht? Es gibt noch jemanden, richtig?"

"Nein, das ist nichts dergleichen", sagte er nachdrücklich. "Ich würde dich niemals betrügen. Ich habe es nie getan und ich werde es niemals tun."

"Also, was ist los? In den letzten Tagen warst du bei dieser Reise sehr schwer fassbar. Du warst noch nie so zurückhaltend."

Er seufzte erneut und schüttelte den Kopf.

"Es tut mir leid. Ich war nicht ganz ehrlich zu dir. Ich denke, ich bin nicht so mutig wie ich dachte."

"Sag mir was es ist?"

"Vertraust du mir?"

"Natürlich tust du das. Wenn du eine Affäre hast, sag es mir einfach. Wir können es klären."

"Ich habe keine Affäre, Rachel. Aber ich denke, es muss Änderungen in unserer Ehe geben."

"Bin ich nicht mehr gut genug?" Sie fragte.

"Hör auf so etwas zu sagen. Du bist meine Frau. Ich liebe dich mehr als alles andere."

"Also warum bist du nicht ehrlich zu mir?" gefordert.

Er schüttelte den Kopf.

"Ich versuche ehrlich zu sein. Aber ich kann nicht. Das ist nicht einfach. Vertrau mir, ich wünschte, alles wäre einfach."

"Ich verstehe dich nicht mehr, Roger."

Eine Traurigkeit erschien auf seinem Gesicht.

"Kannst du mir versprechen, dass du noch gehst? Ich weiß, dass es schwer ist, so zu gehen, aber ich würde nicht fragen, wenn ich nicht dachte, dass es helfen könnte, unsere Ehe zu retten."

"Glaubst du, unsere Ehe muss gerettet werden?" sie fragte, Tränen in ihren Augen.

"Bitte mach das nicht schwieriger, Rachel. Kannst du mir versprechen, dass du alleine gehst? Ich möchte, dass du die Beraterin triffst und hörst, was sie zu sagen hat. Hör einfach zu, und wenn es dir nicht gefällt, dann komm nach Hause. Bitte, Ich bitte dich ".

Tränen liefen ihr bereits über das Gesicht.

Rachel verschluckte sich an ihnen und konnte kaum sprechen.

Dann legte sie ihre Arme um ihren Ehemann und umarmte ihn fest.

Er würde seine Ehe nicht verlieren, also war es egal, was es kostete.

ZWEITER TEIL:
Lady Samantha und Frau

KAPITEL 5

Rachel entdeckte einen gut gekleideten Mann, nachdem sie das Flughafenterminal mit ihrem Gepäck verlassen hatte.

Der Mann hielt ein Schild mit seinem Namen darauf.

Sie sprachen und bestätigten die Identität beider.

Sie stieg für ungefähr dreißig Minuten in ihr Luxusauto, bis sie ihr Ziel erreichten.

Sie hoffte, zu einem Bürogebäude zu gelangen.

Aber er war überrascht zu sehen, dass das Ziel tatsächlich ein großes Haus in der Nähe des Strandes war, das eher wie ein Herrenhaus aussah.

Der Besitzer des Ortes war eine sehr reiche Person.

Und der Besitzer war definitiv kein gewöhnlicher Eheberater.

Das Auto hielt in der Einfahrt an.

Der Fahrer ging zum Kofferraum, um das Gepäck zu holen.

In diesem Moment öffnete sich die Haustür der Villa am Strand und eine große, statuenhafte Frau tauchte auf.

Sie sah umwerfend aus, Mitte dreißig, mit langen, welligen Haaren und einem vorbildlichen Körper.

"Du musst Rachel sein", lächelte die Frau. "Ich habe wundervolle Dinge über dich gehört."

"Das bin ich. Und du?"

"Samantha. Willkommen in meinem Haus."

Die beiden Frauen gaben sich herzlich die Hand.

"Was für ein wunderschöner Ort. Ich hatte so etwas sicherlich nicht erwartet."

"Die meisten Leute tun es nicht. Es ist schade, dass Ihr Mann nicht kommen konnte."

"Kennst du meinen Mann?" Fragte Rachel.

"Ich bin geschäftlich viel mit meinem Vater unterwegs und habe Ihren Mann mehrmals gesehen. Aber darüber können wir später mehr sprechen. Ich bin sicher, Sie sind erschöpft. Lassen Sie mich Ihnen zuerst Ihr Zimmer zeigen."

Samantha führte Rachel in Begleitung des Fahrers die Treppe des Herrenhauses hinauf zum Gästezimmer.

Der Fahrer stellte das Gepäck ins Schlafzimmer und ging dann.

Rachel war in einem ständigen Zustand des Staunens, als sie die Villa betrachtete.

Er konnte nicht herausfinden, wie viel das alles wert sein würde.

"Ich lasse dich duschen und dich ausruhen", sagte Samantha. "Die Handtücher sind im selben Badezimmer. Kommen Sie gegen sechs Uhr nachmittags an den Strand. Wir können gemeinsam den Sonnenuntergang beobachten und frischen Fruchtsaft trinken."

"Das klingt köstlich".

Samantha lächelte.

"Bis dann".

KAPITEL 6

Rachel duschte kalt und entspannte sich.

Das Gästezimmer im Haus war besser als jedes Zimmer in einem luxuriösen Hotel, in dem er jemals gewohnt hatte.

Alles war Luxus und Klasse pur.

Er fragte sich, was Roger geplant hatte.

***

Sechs Uhr kam und Rachel kam die Treppe herunter, lässig gekleidet für das warme Wetter, in dem sie waren.

Er ging zum Strand und fand, dass die Aussicht wunderschön war.

Er hatte vergessen, wie schön das Meer sein konnte, besonders während eines Sonnenuntergangs.

Er sah Samantha dort stehen und den Blick auf den Ozean bewundern.

"Sie sind so glücklich, dies jeden Tag genießen zu können", sagte Rachel.

"Tatsächlich."

"Also, was genau machst du hier?"

"Was hat Roger dir gesagt?"

"Leider nicht viel. Nur, dass Sie eine Art Eheberater sind. Aber wie es aussieht, bin ich mir nicht mehr ganz sicher, ob das der Fall ist."

"Ich mache verschiedene Dinge", antwortete Samantha. "Ich mache einige Immobilien- und Jobentwicklungen im Namen meines Vaters. Aber ich mache auch Gefälligkeiten für Menschen. Gefälligkeiten, die ich wirklich gerne anbiete."

"Wie? Eheberatung?"

Samantha zeigte ein schönes Lächeln.

"Das kannst du auch sagen."

"Warum sind alle so faul? Gibt es ein Geheimnis, das ich nicht wissen sollte?"

"Wenn du die Wahrheit wissen willst, habe ich im Laufe der Jahre vielen Paaren geholfen. Geld ist mir egal. Ich mache es zum Vergnügen. Ich helfe gerne."

"Und wie genau helfen Sie diesen Paaren?" Fragte Rachel.

"Wie denkst du? Was ist die Basis einer guten Beziehung?"

"Liebe", antwortete Rachel.

"Sex", zwinkerte Samantha. "Ich helfe Paaren, Sex für sie arbeiten zu lassen."

Rachel war zutiefst geschockt, aber sie ließ sich nicht von ihrem Gesicht zeigen.

Sie war überrascht, dass ihr liebevoller Ehemann von zwanzig Jahren daran dachte, als sie ihm von ihr erzählte.

"Also bist du ein Sexualtherapeut?"

"Ich mag keine Labels", antwortete Samantha. "Aber ich weiß viel über Sex. Ich weiß, was die Leute mögen und wie es verbessert werden kann. Es ist ein natürliches Talent, das ich habe."

"Ich denke nicht, dass das für mich richtig ist. Danke für die freundliche Gastfreundschaft, aber ich sollte gehen. Ich werde den nächsten Flug nach Hause nehmen."

"Du bist gerade angekommen".

"Ich weiss aber..."

"Roger hat mich gewarnt, dass du dir darüber Sorgen machen würdest."

"Hast du mit ihm geschlafen?" Fragte Rachel unverblümt.

"Nein. Vertrau mir, dein Ehemann ist ein treuer Mann. Ich habe ihn nur einmal angesehen und wusste, dass sein Sexualleben sehr schlecht war. Als ich eine Gelegenheit in meinem Zeitplan fand, machte ich deinem Ehemann ein Angebot."

Rachel kniff die Augen zusammen.

"Ja, im Austausch für mehrere tausend Dollar des Geldes meines Mannes, richtig?"

"Wie ich schon sagte, Geld bedeutet mir nichts. Schauen Sie sich um, ich brauche das Geld Ihres Mannes nicht. Aber wenn ich keine Leute in Rechnung stelle, wird eine lange Reihe von Männern vor meiner Tür warten, um kostenlosen Service zu erhalten.. "

"Nun, danke für die Gastfreundschaft. Ich möchte Ihre Zeit nicht verschwenden. Dies ist nichts für mich. Ich werde den nächsten verfügbaren Flug nehmen."

Samantha nickte.

"Das ist vollkommen verständlich. Sie können so lange hier bleiben, wie Sie möchten. Mein Fahrer wird Sie mitnehmen, wann Sie wollen. Ich werde das Geld so schnell wie möglich an Ihren Ehemann zurückgeben."

"Dankeschön."

"Viel Glück mit deiner Ehe", sagte Samantha und wandte ihre Aufmerksamkeit wieder der untergehenden Sonne zu.

Rachel hielt einen langen Moment inne.

"Was weißt du über meine Ehe?"

"Ihr Mann wollte das aus einem bestimmten Grund. Ich weiß also, dass Ihr Sexualleben unglaublich langweilig und eintönig sein muss."

"In der Ehe steckt mehr als nur Sex. Wir lieben uns. Wir sind großartige Partner im Leben."

"Sag dir das immer wieder", antwortete Samantha. "Ihr Mann hat offensichtlich das Gefühl, dass etwas in Ihrer Beziehung fehlt. Aber wenn Sie denken, dass alles perfekt ist, können Sie gehen."

Rachel machte noch eine lange Pause.

"Wenn ich hier bleibe, meine ich, was wird in den nächsten Tagen passieren? Was werde ich hier tun?"

"Wenn du bleibst, werde ich dir die Freuden der Herrschaft und Unterwerfung beibringen. Das ist meine Spezialität. Jemand wie Roger muss sich als der Mann in der Beziehung fühlen. Ich kann dir beibringen, wie man ihm richtig dient."

"Klingt ein bisschen grob."

"Der Sex ist roh. Aber er ist auch wunderschön. Wann hattest du das letzte Mal einen umwerfenden Orgasmus? Die Art, die eine Pfütze zwischen deinen Beinen hinterlässt."

"Ich erinnere mich nicht", antwortete Rachel. Jahre. Vielleicht mehr.

"Armes Ding. Aber ich kann das beheben. Ältere Frauen, insbesondere Frauen, sind eine Spezialität von mir."

"Wir werden nicht ... weißt du ..."

"Wir werden. Wir werden alles zusammen machen."

"Das kann ich nicht", antwortete Rachel. "Das ist verrückt. Ich habe noch nie etwas mit einer anderen Frau gemacht."

"Betrachten Sie dies als eine Lernerfahrung. Außerdem ist es nicht verrückt, wenn Ihr Mann denkt, dass es vorteilhaft ist."

"Sie sind sicherlich sehr aufgeregt über dieses ganze Projekt."

Samantha lächelte.

"Du solltest es auch sein."

"Was nun?"

"Jetzt gehe ich wieder hinein, um mich für das Abendessen fertig zu machen. Mein Koch macht etwas Leckeres. Wenn du bleiben willst, komm zu mir zum Abendessen. Wenn du gehen willst, sprich mit meinem Fahrer."

"Ich möchte bleiben."

"Das Abendessen sollte bald fertig sein. Wir können uns besser kennenlernen. Morgen beginnt der wahre Spaß."

Samantha lächelte erneut.

Dann drehte er sich um und betrat seine große Villa.

KAPITEL 7

Der nächste Tag.

Ein kleiner Teil des Personals servierte ihnen das Frühstück im Freien.

Alles wurde richtig erledigt.

Das Essen war frisch zubereitet.

Die beiden Frauen genossen die Gesellschaft des anderen, während sie frühstückten.

"Daran kann ich mich wirklich gewöhnen", scherzte Rachel.

Samantha zwinkerte ihm zu.

"Wer kocht normalerweise in Ihrem Haus? Ich denke, Sie sind es. Sie scheinen eine sehr domestizierte Frau zu sein."

"Ich bin auf altmodische Weise erzogen worden. Ich komme aus einer langen Reihe weiblicher Hausfrauen."

"Typisch. Sie haben diesen klassischen konservativen Look."

"Ich höre ihm viel zu", sagte Rachel achselzuckend. "Aber aus gutem Grund. Ich liebe es, auf meine Familie aufzupassen. Ich liebe es, die ideale Mutter und Frau für sie zu sein."

Samantha nickte.

"Ich bin sicher, Roger schätzt alles, was Sie rund um das Haus tun."

"Das tut es", antwortete Rachel. "Ich bin sehr glücklich, das zu haben. Die meisten Ehemänner schätzen die Arbeit ihrer Frauen für sie nicht."

"Belohnt Roger dich? Erlaubt er dir, seinen Schwanz zu lutschen?"

"Es tut uns leid?"

"Lässt Roger dich seinen Penis lutschen, als du ein gutes Mädchen warst?"

Rachel war überrascht von dem schlüpfrigen Gespräch während des Frühstücks, besonders vor dem Personal.

Schamloses Reden über Sex schien immer geschmacklos gewesen zu sein.

"Ich glaube nicht, dass es dich etwas angeht", antwortete Rachel.

"Ist das nicht richtig? Ich dachte du wolltest meine Hilfe."

"Ich denke, aber ..."

"Seien Sie ehrlich. Wir sind beide erwachsene Frauen. Und meine Mitarbeiter sind sehr diskret. Ich versuche nur, Ihnen zu helfen."

Rachel seufzte leicht.

"Ich mache es nur manchmal für ihn. Ich mache es nicht wirklich gerne."

"Also, worum geht es in deinem Sexleben mit Roger? Klettert er auf dich, gibt dir ein paar Schaukeln und kommt dann zum Abspritzen?"

"Grundsätzlich."

Samantha hätte fast gelacht.

"Das ist kein großartiges Sexleben. Es klingt eher nach einer Formalität."

"Es funktioniert bei uns."

"Offensichtlich nicht. Roger will dich aus einem bestimmten Grund hier haben. Ich hasse es, dir die Neuigkeiten mitzuteilen, aber Roger ist ein normaler, geiler Junge. Er liebt Sex. Und er liebt es, Blowjobs zu bekommen. Aber er ist zu schüchtern, um seine süße kleine Frau um einen Gefallen zu bitten extra ".

"Du bist anmaßend."

Samantha hob eine Augenbraue.

"Bin ich das? Hat Roger jemals Sex abgelehnt? Sieht er jedes Mal wie ein Highschool-Junge aus, wenn Sie seinen Schwanz lutschen? Sie wissen, dass ich Recht habe. Alle Männer sind gleich, wenn es um Sex geht."

"So bin ich nicht aufgewachsen", sagte Rachel nach einer langen Pause. "Du hast wahrscheinlich Recht mit Roger. Aber ich weiß nicht mehr, wie ich ihm gefallen soll."

Samantha schnippte mit den Fingern und jemand vom Personal brachte ein Sexspielzeug auf ein silbernes Tablett.

Samantha hob es auf und das Personal ging.

Das fleischfarbene Sexspielzeug war wie der Penis eines Mannes geformt.

"Es ist erstaunlich, wie realistisch diese Spielzeuge für Erwachsene geworden sind", sagte Samantha und hielt sie verwundert hoch.

Obwohl sie draußen waren, schien es Samantha nichts auszumachen, einen Dildo zu halten.

Rachel fühlte sich etwas unwohl, obwohl sonst niemand da war.

"Hast du keine Angst, dass jemand vorbeikommt und dich damit sieht?" Fragte Rachel.

"Es ist völlig legal, ein Sexspielzeug im Staat zu haben."

Rachel nickte verlegen.

"Du hast recht."

"Es ist auch nichts Falsches daran, einen zu küssen."

"Was meinen Sie?"

Samantha schüttelte den Dildo leicht.

"Mach schon, gib ihm einen kleinen Kuss."

"Warum?"

"Ich bin neugierig, wie du mit einem Penis im Mund aussiehst."

Rachel sah nervös aus, als Samantha ihr den Dildo reichte, der auf ihr Gesicht zeigte.

Sie stellte sich vor, dass Streiten nutzlos wäre.

Sie war Gast in einem luxuriösen Zuhause.

Sie wusste, dass es unhöflich sein würde, die Anfrage abzulehnen.

Er beugte sich über den Tisch vor und küsste den Kopf des Dildos.

"Jetzt öffne deine Lippen", sagte Samantha. "Nimm es rein."

Rachel fühlte sich unwohl, tat es aber trotzdem.

Sie ließ das Sexspielzeug in ihren Mund gleiten.

Samantha begann den Dildo in Rachels Mund zu schieben und zu ziehen, um Oralsex zu simulieren.

"Ist das alles?", Sagte Samantha und beobachtete sie aufmerksam. "Saugen Sie es. Alles so. Stellen Sie sich vor, es ist Rogers."

Als ich diese Worte hörte, entzündete sich in Rachel ein Feuer.

Sie saugte härter, schneller und härter.

Sie fing tatsächlich an, Oralsex mit dem Dildo zu machen.

Bevor Rachel weitermachen konnte, nahm Samantha den Dildo aus ihrem Mund und Rachel lehnte sich in ihrem Sitz zurück.

"Nicht schlecht", sagte Samantha. "Aber deine Saugfähigkeiten könnten sich ein bisschen verbessern. Wir werden später daran arbeiten. Ich denke, Roger wird sehr glücklich sein, wenn du nach Hause kommst."

"Ich hoffe es", errötete Rachel.

Samantha lächelte.

"Wir haben einen langen Trainingstag vor uns. Lassen Sie uns unser Frühstück beenden und unsere Zeit nutzen."

Sie gingen wieder zum Frühstück.

Rachel sah auf ihr Essen hinunter, dachte aber immer noch an Samanthas letzte Worte.

Ausbildung? Was zum Teufel meinte er damit?

KAPITEL 8

Samanthas Schlafzimmer bestand aus einem großen, geräumigen Bereich.

Und es war einfach, aber elegant.

Die Möbel sahen rustikal und teuer aus.

Der Balkon war offen und hatte einen perfekten Blick auf das Meer.

"Ihr Mann hat mir Ihre Größe und Maße mitgeteilt", sagte Samantha. "Also habe ich dir einen neuen Kleiderschrank gekauft."

In der Mitte des Raumes stand ein Koffer.

Samantha öffnete es und enthüllte eine große Auswahl an Kleidungsstücken, von denen die meisten sehr aufschlussreich waren, und eine große Auswahl an Unterwäsche.

Rachel war verblüfft.

"Ist das alles für mich?"

"Alles in diesem Koffer ist für dich. Ich habe dir auch ein neues Make-up-Set gekauft."

"Was ist los mit meinem Make-up?"

"Nichts, wenn Sie ein Buchhalter sind", antwortete Samantha. "Aber wenn Sie Ihrem Mann eine konstante Erektion geben wollen, müssen Sie sich etwas mehr anstrengen."

"Roger mag es, wie ich ihn mag."

"Du bist eine sehr hübsche Frau. Ich bin sicher, Roger hält dich für die schönste Frau der Welt. Aber manchmal wollen Männer nur eine schmutzige Hure im Schlafzimmer. Das sind die Fakten."

Rachel machte eine Pause.

"Ich bin nicht mehr gerade eine junge Frau."

"Es ist absolut nichts falsch mit Frauen in deinem Alter. Jeder liebt ältere Frauen. Ich verehre ältere Frauen."

"Also was machen wir?"

"Es ist gut, eine richtige primitive Hausfrau zu sein. Aber es ist auch gut, ab und zu eine schmutzige kleine Schlampe im Schlafzimmer zu sein. Das werde ich dir beibringen."

Rachel holte tief Luft.

"Gut. Ich bin offen für alles, was du zu sagen hast."

"Gut. Jetzt zieh dich aus."

"Entschuldigung?"

"Zieh dich aus. Zieh dich aus. Alles."

"Warum?"

"Ich dachte du sagtest du bist offen", sagte Samantha mit einer hochgezogenen Augenbraue. "Wenn du meine Hilfe willst, dann hör zu, was ich zu sagen habe."

Rachel war bereits klar, dass das Streiten mit Samantha niemals eine gewinnbringende Strategie war.

Sie holte tief Luft, um ihren Mut zu fassen, und zog zögernd ihre Kleidung aus, faltete jedes Kleidungsstück vorsichtig zusammen und legte es auf das nahe gelegene Bett.

Es war ein bisschen peinlich für Rachel, sich vor Samantha auszuziehen, da ihr Körper alterte und Samantha sehr jung und fit war.

Aber Rachel sagte sich, es sei, als würde sie sich vor dem Arzt ausziehen.

Samantha hatte wahrscheinlich viele nackte Frauen in ihrem Alter gesehen.

Sie hat alles gesehen.

Wenn diese Reise vorbei ist, werde ich sie nie wieder sehen müssen.

Wen kümmert es also, wenn sie mich nackt sieht?

Sie zog sich alle Kleider aus und am Ende war Rachel vor einer viel jüngeren und attraktiveren Frau völlig nackt.

"Sehr weiblich und wunderschön", sagte Samantha mit einem kleinen Hinweis, als sie nickte.

"Also denkst du?"

"Wie ich schon sagte, ich verehre ältere Frauen. Und ich liebe Hausfrauen. Ich denke, Sie sind äußerst attraktiv."

Rachel zuckte die Achseln.

"Und was kommt als nächstes?"

"Folge mir."

Samantha führte Rachel zur Kommode.

Rachel saß vor dem großen Spiegel und einem Tisch voller Markenschönheitsprodukte.

Sie sahen beide Rachels oben ohne Spiegelbild im Spiegel an.

Also wischte Samantha mit einer feuchten Serviette Rachels Make-up ab, bis ihr Gesicht sauber war.

Die Falten und Alterslinien auf Rachels Gesicht waren deutlicher geworden.

"Du hast so eine natürliche Schönheit, Rachel. Du bist so hübsch."

"Dankeschön."

"Aber wir interessieren uns im Moment nicht für Schönheit", sagte Samantha. "Wir interessieren uns für sexy. Bist du bereit dafür, Rachel?"

"Ich glaube schon."

"Lasst uns beginnen."

Samantha machte sich sofort an die Arbeit, um die Kosmetik aufzutragen.

Sie trug gekonnt eine Schicht Rouge, Lidschatten, Mascara, Eyeliner und einen hellen roten Lippenstift auf.

Sekunde für Sekunde beobachtete die zurückhaltende Hausfrau, wie sich ihr Aussehen veränderte.

Als sie fertig war, konnte Rachel sich kaum wiedererkennen.

"Wie wäre es mit?" Fragte Samantha stolz auf ihre Arbeit.

"Es sieht aus ... es sieht aus ... interessant ..."

Samantha tätschelte der Frau die Schultern.

"Du wirst dich daran gewöhnen. Denk nur daran, das ist nur für dich und Roger. Nicht für andere."

"Ich verstehe es."

"Jetzt lass uns dich anziehen, okay?"

Rachel stand auf und folgte Samanthas Schritt in den großen Raum.

Samantha griff in den Koffer und zog eine dünne rote Robe heraus.

"Probier das an", sagte Samantha. "Und sieh dich im Spiegel an."

Rachel betrachtete ihr nacktes Spiegelbild im Spiegel, als sie ihren Bademantel anzog.

Es war spärlich, dünn und klein.

Vor allem war es halbtransparent.

Die Farbe ihrer Brustwarzen und Schamhaare war vollständig sichtbar.

"Es ist ein bisschen aufschlussreich, nicht wahr?" Rachel sprach aus, was offensichtlich war.

"Das ist die Idee. Wenn du zu Hause bist, möchte ich, dass du das immer für Roger trägst. Es wird eine glücklichere Ehe."

"Soll ich immer praktisch nackt sein?"

"Denk darüber nach, würde Roger mit dir streiten, während deine Brustwarzen freigelegt sind?"

"Das ist sicherlich eine lustige Art, Dinge zu betrachten", antwortete Rachel mit einem Kichern.

Samantha lächelte.

"Ich habe im Laufe der Jahre vielen Paaren geholfen. Vertrauen Sie mir, ich weiß, wovon ich spreche."

Die beiden Frauen lächelten sich spielerisch an, bevor sie weitere Outfits anprobierte.

KAPITEL 9

Später an diesem Tag.

Rachel war in einem Zustand tiefer Entspannung.

Ich war allein mit einer ausgebildeten Masseuse im Spa-Raum.

Ihre Gedanken wanderten weg, als ihr Rücken eine fachmännische Massage bekam.

Es war Glückseligkeit.

"Ich bin froh, dass du Spaß hast", sagte Samantha und betrat das Spa.

"Das ist himmlisch."

"Eine gute Massage ist immer himmlisch. Es tut mir leid, Sie zu unterbrechen, aber ich habe gerade mit meinem Vater telefoniert. Etwas ist passiert."

Rachel setzte sich auf, um die Nachrichten zu hören.

Ihre Brüste zeigten sich, aber es war ihr egal.

"Alles ist gut?" Sie fragte.

"Alles ist in Ordnung. Aber mein Vater hat ein wichtiges Abendessen mit mehreren seiner Geschäftspartner, und er möchte, dass ich mich ihm anschließe. Er möchte, dass ich Bescheid weiß. Außerdem bin ich großartig darin, Gäste zu unterhalten."

"Ich sollte gehen?" Fragte Rachel und fürchtete heimlich das Schlimmste.

"Nein, nein. Aber ich bin mir nicht sicher, wann ich zurück sein werde, also mach es dir bei mir bequem. Ich habe das Personal bereits angewiesen, dir ein schönes Abendessen zu machen. Mach danach, was du willst. Es gibt Bücher, Filme, Musik, Was auch immer Sie wollen. Meine Mitarbeiter helfen Ihnen bei allem, was Sie brauchen. "

"Danke, Sie sind sehr freundlich."

Samantha hob eine Augenbraue.

"Wenn Sie Lust auf etwas Provokativeres haben, probieren Sie die DVD-Sammlung in meinem Zimmer aus. Wer weiß, vielleicht sehen Sie etwas, das Ihnen gefällt."

"Ich werde das im Hinterkopf behalten", antwortete Rachel, unsicher, wie sie die Anspielung interpretieren sollte.

"Viel Spaß. Ich werde versuchen, bald wiederzukommen."

"Du hast eine gute Nacht."

Samantha lächelte böse und ging.

KAPITEL 10

In derselben Nacht.

Das luxuriöse Herrenhaus sah ohne seinen Besitzer etwas langweilig aus.

Nach einem frühen Abendessen beobachtete Rachel den Sonnenuntergang und erkundete das Haus noch einmal.

Er warf einen Blick auf das, was er für die Heimkino- und Musiksammlung hatte, aber nichts interessierte ihn sehr.

Jetzt sah er im Wohnzimmer fern.

Die Nachrichten waren das einzige, was ihn interessierte.

Er fragte sich, wie es Roger ging.

Sie fragte sich, ob Roger sie vermissen würde.

Langeweile kam.

Es war elf Uhr nachts und Rachel beschloss, ins Bett zu gehen.

Auf dem Weg zu seinem Zimmer kam er an Samanthas Zimmer vorbei.

Die Tür stand weit offen.

Das Angebot, ihre privaten DVDs anzusehen, war Rachel noch in den Sinn gekommen.

Warum nicht?

Sie lud mich in ihr Zimmer ein, um nachzuschauen.

Rachel betrat das Hauptschlafzimmer und ging zum großen Fernseher.

Die DVDs waren nicht schwer zu finden.

Es gab mehr als 200 DVDs, schätzte er.

Alle DVDs waren hausgemacht.

Auf jeder DVD stand ein Name und ein Datum.

Rachel schaltete den Fernseher und den DVD-Player ein.

Sie wählte eine zufällige DVD mit dem Titel: Joseph 03-07-2018

Die DVD begann und Rachel setzte sich auf das Bett.

Sie war überrascht von dem, was sie sah.

Ein nackter Mann erschien auf dem Bildschirm.

Er war mittleren Alters und in normaler Verfassung.

Er hatte das Gesicht eines erfolgreichen Geschäftsmannes.

Sein Penis war klein und schlaff.

Er sah schüchtern aus.

Er sah direkt in die Kamera.

Er stand in einem Gästezimmer.

Der Mann gab seinen Namen, sein Alter und seinen Beruf als Immobilienentwickler an.

Die Szene fühlte sich sehr seltsam an und machte Rachel extrem unangenehm.

Er konnte nicht verstehen, warum Samantha so eine DVD haben würde.

Rachel stand auf und wollte gerade die DVD ausschalten, als sie plötzlich Samanthas Stimme aus dem Fernseher hörte.

Er fing an, den nackten Mann herumzukommandieren.

Rachel setzte sich wieder hin, um weiterzusehen.

Der nackte Mann auf dem Bildschirm streichelte sich.

Sein kleiner Penis wurde etwas größer und steifer.

Der Mann kniete nieder, als Samanthas Stimme ihn befahl.

Samantha erschien auf dem Bildschirm und Rachel schnappte fast nach Luft.

Samantha erschien in dem Video in einem engen Lederkorsett und zeigte ihre Arme und Beine.

Zwischen Samanthas Beinen war ein langer Dildo festgeschnallt, der mindestens 20 cm lang gewesen sein musste.

Samantha stand vor dem knienden Mann und der Mann begann begeistert den Penis aus dem Gürtel zu saugen.

Das einzige, was Rachel tun konnte, war fast geschockt zu starren.

Ich war völlig ungläubig, dass Samantha so etwas mit einem Mann machen würde.

Ihr Instinkt sagte ihr, sie solle die DVD ausschalten, aber sie konnte nicht.

Der Bildschirm war hypnotisch geworden.

In dem Video befahl Samantha dem Mann, aufzustehen und sich über das Bett zu beugen.

Er tat es mit Begeisterung.

Samantha trug dann eine große Menge Schmiermittel auf das Sexspielzeug auf und stellte sich hinter den Mann.

Rachel schnappte nach Luft, als sie sah, wie Samantha in den Mann eindrang.

Es war alles, was Rachel ertragen konnte.

Er stand auf und schaltete die DVD aus.

Als er die DVD wieder in die Sammlung einbaute, sah er ein weiteres Video mit der Bezeichnung Anna 05-23-2019.

Es wurde erst vor wenigen Monaten aufgenommen und die Protagonistin muss eine Frau gewesen sein.

Rachel war neugierig, spielte das Video ab und setzte sich wieder aufs Bett.

Das Video zeigte eine reife, nackte Frau.

Die Frau war Anfang fünfzig.

Offensichtlich eine Hausfrau.

Das Video wurde ebenfalls im selben Raum aufgenommen, aber diesmal hielt Samantha die Kamera in der Hand und sprach mit der Haushälterin.

Samantha befahl der Frau, sich zu knien und in Samanthas Muschi zu kriechen.

Die Frau führte gekonnt Oralsex an Samanthas glatt rasierter Muschi durch.

Rachel war überwältigt von der Lust, Samanthas privates Sexvideo zu Hause zu sehen.

Er griff nach unten und berührte sich, als er zusah.

Sie fing an mit ihrer Muschi zu spielen.

Lesbismus und Unterwerfung waren nie ihre Fantasien, aber Samanthas Heimvideos hatten etwas Faszinierendes.

Rachel rieb sich weiter die Muschi, bis das Video endete.

Dann spielte er ein weiteres Video, diesmal von einem Paar.

Die Zeit verging wie im Fluge und Rachel hatte bereits ein paar weitere Videos gesehen.

Sie kam kraftvoll und schaute sich hausgemachte Pornos an.

Es war lange her, dass sie einen so guten Orgasmus gefühlt hatte.

Sie schloss die Augen, um sich eine Weile auszuruhen.

***

Rachel erwachte mit dem Gefühl eines Fingers, der ihre Haut rieb.

Seine Augen weiteten sich.

Es war noch Nacht.

Sie sah auf und sah Samantha mit einem Lächeln im Gesicht über sich stehen.

"Ich sehe, du hast meine Sammlung genossen", lächelte Samantha.

Rachel bedeckte schnell ihre Muschi.

"Oh Gott. Es tut mir so leid. Ich muss eingeschlafen sein."

"Es gibt nichts, worüber man sich entschuldigen müsste. Sie haben etwas gefunden, das Ihnen gefällt. Jetzt sind wir bereit für den nächsten Schritt."

Beide Frauen sahen sich in die Augen.

Es gab einen kurzen Moment der Stille zwischen ihnen.

Und es gab auch ein ruhiges Verständnis dafür, dass die Dinge viel interessanter werden würden.

DRITTER TEIL:
Sklaverei ist unser Vergnügen

KAPITEL 11

Das Frühstück war für Rachel am nächsten Morgen fast unangenehm.

Es war das erste Mal in ihrem Leben, dass sie beim Masturbieren erwischt wurde.

Ich hatte ein Gefühl der Schande und des Unbehagens.

"Sie müssen viele Fragen haben", sagte Samantha.

"Etwas."

"Sei nicht schüchtern. Lass uns auf dich hören."

"Was genau hast du in diesen Videos gemacht?" Fragte Rachel.

"Unterschiedliche Menschen haben unterschiedliche Fetische. Das ist eine Tatsache der menschlichen Sexualität. Ich biete einfach einen Dienst für diese Fetische an."

"Bist du eine Art Domina oder wie auch immer du es heutzutage nennst?"

Samantha lächelte.

"Wenn ich sein will. Oder wenn jemand meine Hilfe braucht."

"Du rufst diese Hilfe an?" Fragte Rachel und hob die Stirn.

"Natürlich tue ich das. Hast du gesehen, wie viel diese Leute gekommen sind?"

Rachel fühlte sich plötzlich schüchtern.

"Warst du ... ähm ..."

"Mach weiter. Frag einfach. Ich werde nicht beißen."

Rachel holte tief Luft.

"Hast du darüber nachgedacht, mir oder Roger eines dieser Dinge anzutun? War das die ganze Zeit der Plan? Will Roger von einer Leine verwöhnt werden? Will er mir zusehen, wie ich mit einer Frau Oralsex mache?"

"Das sind die großen Fragen, oder?"

"Wirst du mir eine Antwort geben?"

Samantha machte eine lange dramatische Pause, als sie an dem frisch gepressten Saft nippte.

"Die Antwort ist diese", antwortete Samantha. "Ihr Mann hat keine Ahnung, was er will. Er weiß, dass er ein besseres Sexleben will. Er weiß, dass er nicht jede Woche Sex mit einer emotionslosen Frau haben will."

"Roger hat mich eine emotionslose Frau genannt?" Fragte Rachel mit verletzten Gefühlen.

"Nicht in diesen Worten. Aber so wie er sein Sexualleben beschrieben hat, könntest du genauso gut emotionslos sein."

"Also, was glaubst du, will Roger? Damit ich unterwürfig bin wie die Frauen in deinen Videos?"

"Vielleicht. Dafür war diese Reise gedacht. Leider hat er auf sich selbst aufgepasst und ich kann ihm nicht helfen. Aber zum Glück bist du hier."

"Betrügst du mich?"

"Nein, ist er nicht. Ich kann sagen, dass er es nicht tut. Aber er ist kurz davor, es zu tun. Der Sex, den Sie anbieten, ist für einen Mann wie ihn unangemessen."

"Das muss ich tun?" Fragte Rachel.

"Tu, was ich dir sage. Zieh dich an, wie ich es dir befohlen habe. Saug seinen Schwanz, wie ich es dir beigebracht habe. Tatsächlich erwarte ich, dass du ihm jeden Morgen vor der Arbeit einen Blowjob gibst und wieder, wenn er nach Hause kommt. Keine Ausreden." nicht zu ".

Rachel nickte.

"Ich kann das machen."

"Aber es gibt noch mehr zu lernen. Oralsex löst nicht alles, ob Sie es glauben oder nicht."

"Und was ist das?"

Samantha warf ihm einen schlauen Blick zu.

"Wir müssen es nach dem Frühstück herausfinden."

KAPITEL 12

Es lag eine spürbare Spannung in der Luft, als Rachel Samantha in ein privates Zimmer in der Villa folgte.

Das Zimmer hatte schlichte Wände und einfache Möbel.

Es gab ein kleines Bett, nur zwei Fuß hoch.

Das Bett war einfach bedeckt, keine Decken oder Kissen, nur ein Laken.

"Verschwenden wir keine Zeit", sagte Samantha. "Ihr Mann will eine unterwürfige Frau. Tief im Inneren sehnen Sie sich nach einer dominanten sexuellen Figur."

"Ich bin völlig anderer Meinung", sagte Rachel fest.

"Oh?"

"Ich glaube nicht, dass Roger mich so will. Und ich habe sicherlich meine Grenzen. Ich hatte immer das Gefühl, dass eine richtige Beziehung auf Gleichheit basiert."

"Auch beim Sex?"

"Ja."

Samantha leckte sich die Lippen.

"Sie müssen heute viel lernen."

"Ich werde offen sein für das, was Sie vorschlagen."

Samantha nickte.

"Ich habe dich aus einem bestimmten Grund hierher gebracht. Dies ist ein Raum für Anfänger. Du bist noch nicht bereit für den Bondage-Raum."

"Klingt einschüchternd."

"Auf eine gute Weise einschüchternd. Aber jetzt werden wir uns mit diesem Raum zufrieden geben, weil es nach einer Katastrophe leicht zu reinigen ist."

"Was soll das bedeuten?" Fragte Rachel.

"Es bedeutet, dass ich dich kommen lassen werde. Auf die richtige Weise. Ich werde dir zeigen, wie sich ein echter Orgasmus anfühlt."

"Samantha, ich schätze alles, was du für mich tust, aber ich denke wirklich nicht, dass es notwendig ist."

"Natürlich tue ich das", antwortete Samantha fest. "Du kannst nicht wirklich unterwürfig werden, wenn du nicht die Freuden davon gespürt hast. Wir werden langsam anfangen. Ich werde dir einen neuen Lebensstil ermöglichen."

Rachel war beeindruckt von dem Wort Lebensstil.

Die Dinge sollten interessanter werden.

Und er war neugierig zu wissen, wohin die Dinge gingen.

"Gut", antwortete sie. "Ich werde nicht streiten. Ich werde mich nicht beschweren. Ich werde tun, was Sie fragen."

"Ich möchte deinen Hintern sehen. Ich möchte, dass du von der Taille abwärts nackt bist. Dann leg dich auf das Bett. Halte deine Füße auf dem Boden."

Rachel war besorgt über die Anfrage.

Aber sie tat es trotzdem, da sie gesagt hatte, sie würde es tun, ohne zu streiten.

Sie zog alles aus, ließ ihren Hintern frei und legte ihre Kleidung vorsichtig auf das Bett.

Jetzt stand sie mit ihrem mäßig behaarten Busch Samantha ausgesetzt.

Dann legte er sich mit den Füßen noch auf dem Boden auf das kleine Bett.

"Du musst dich später rasieren", sagte Samantha und sah auf die Schamhaare.

"Meinem Mann gefällt es."

"Rasiere dich heute. Mach dir keine Sorgen, es wird nachwachsen."

Rachel verdrehte die Augen.

"Offensichtlich."

"Jetzt spreize deine Beine. Weit."

Rachel tat es.

Sie spreizte ihre Beine und gab Samantha einen klaren Blick auf ihre Muschi.

Sie fühlte sich unsicher, als sie einer schönen jungen Frau ihre reife Muschi zeigte, aber sie vermutete, dass dahinter ein Zweck steckte.

"Jetzt glücklich?"

"Schöne Muschi", schätzte Samantha. "Es ist niedlich."

"Wirst du da stehen und es dir ansehen?"

"Natürlich nicht. Wenn es dir nichts ausmacht, werde ich deine Beine ans Bett binden, bevor ich dich kommen lasse. Entspann dich, ich verspreche dir, dass du es genießen wirst."

Samantha griff unter das Bett nach etwas und zog ein Seil heraus, mit dem sie Rachels Knöchel an gegenüberliegenden Pfosten auf dem Bett festband.

Er hat alles mit fachmännischer Präzision gemacht.

Es war klar, dass Samantha eine Expertin für Seile und Bondage war.

Als er fertig war, waren Rachels Beine im Adlerstil gespreizt, gefesselt und ihre Muschi war weit offen.

Ein lautes Summen hallte durch den Raum.

"Was zum Teufel ist das?" Fragte Rachel und sah Samantha an.

Samantha hielt ein großes vibrierendes Sexspielzeug hoch, das aussah und klang wie ein Elektrowerkzeug.

Das Gerät hatte ein vibrierendes Oberteil, das die Klitoris einer Frau stimulieren sollte.

"Das wird dein Leben zum Besseren verändern. Jetzt entspann dich."

Rachel lag mit großen Augen auf dem Bett.

Das Ding kam zwischen ihre Beine.

Samantha sah aus, als würde sie einen medizinischen Eingriff mit dem starken Vibrationsgerät durchführen.

Das vibrierende Oberteil rückte näher an die freiliegende Muschi heran.

Der starke Vibrator berührte die Spitze von Rachels Kitzler.

"Aaahhhh !!!!" Die reife Hausfrau schrie vor Schmerz.

Samantha zog sich für einen Moment zurück.

"Entspann dich. Entspann dich, Schatz. Entspann dich einfach, während ich auf dich aufpasse."

Die starke Vibration wurde in die Klitoris zurückgebracht.

Rachel schrie erneut.

Er hätte Samantha bitten können aufzuhören.

Sie hätte sich setzen und Samantha schieben können.

Sie hätte kämpfen können.

Aber sie tat es nicht.

Rachel legte sich einfach zurück auf das Bett und nahm die intensive Stimulation auf.

Obwohl es schmerzhaft war, gab es auch einen kleinen Anflug von Vergnügen.

Das Vergnügen wuchs und wuchs.

Rachel fuhr mit der Angst fort, versuchte aber, ihren Körper zu entspannen.

Sie akzeptierte das starke Gefühl.

Seine Beine zuckten und kämpften gegen das Seil, aber nein, das war nutzlos.

Seine Beine konnten sich nicht bewegen.

Die Empfindung in seinem Körper war in Konflikt.

Sie wollte widerstehen, aber sie wollte auch zulassen, dass die Gefühle fließen.

Sie stöhnte und zitterte weiter auf dem Bett.

Samantha drückte ihre Handfläche über den Körper der Hausfrau.

Dann drückte er das vibrierende Sexgerät fest gegen ihre Klitoris.

Die Stimulation war unwirklich.

Die reife Hausfrau schrie vor Qual und Vergnügen.

Seine Beine kämpften mit aller Kraft gegen das Seil.

Es war eine verlorene Schlacht.

Als Samantha zwei Finger in ihre Muschi steckte, kam Rachel heraus.

Sie rannte und rannte.

Sie spritzte und spritzte ihre Säfte.

Es war ein nasser Orgasmus, der überall ein echtes Chaos verursachte.

Rachels Rücken krümmte sich heftig.

Seine Zehen kräuselten sich.

Er machte seltsame Gesichter, die für eine Weile fast nicht wiederzuerkennen waren.

Dann wurde sein Körper völlig schlaff.

Samantha schaltete das Gerät aus und lächelte bei ihrer Arbeit.

Er senkte das Gerät und löste die Knöchel der Hausfrau.

Er setzte sich auf das Bett und rieb sich Rachels Haare, als er bemerkte, wie schön sie aussah.

"Kämpfe noch nicht ums Reden", sagte Samantha und rieb sich immer noch Rachels Haare. "Entspann dich einfach. Genieße deine Glückseligkeit. Ich bin sicher, deine Klitoris muss jetzt weh tun."

Rachel nickte.

"Ja."

"Ruhe dich aus. Lass deine Klitoris heilen. Wir werden das Training später heute fortsetzen."

Samantha beugte sich vor, um Rachel auf die Stirn zu küssen, dann auf die Wange, dann auf die Lippen.

KAPITEL 13

Die Zeit verging langsam.

Sie aßen zusammen zu Mittag und sprachen über normale Dinge.

Eine Freundschaft wuchs zwischen ihnen.

Das Thema Sex war nicht wieder aufgetaucht, und Rachels Kitzler hatte genug Zeit, um sich von dem Vibrationsangriff zu heilen.

Rachel machte am Nachmittag ein Nickerchen und als sie aufwachte, lag ein wunderschönes schwarzes Kleid auf ihrem Bett.

Ein Paar hochhackige Schuhe lag ebenfalls auf dem Bett.

Auf der Oberseite des Kleides befand sich eine handschriftliche Notiz.

Die Notiz lautete:

„Nimm eine gute lange Dusche. Dann trage dein Make-up auf, wie ich es dir beigebracht habe. Und dann zieh das Kleid und die Absätze mit nichts anderem darunter an.

Wir werden uns unten um sechs Uhr nachmittags im Sklavenraum treffen. Die Tür wird entriegelt ".

Die Notiz wurde von Samantha unterschrieben.

Ein Kribbeln wuchs zwischen ihren Beinen.

Rachel stand auf und duschte.

Sie trocknete sich ab und betrachtete ihr nacktes Spiegelbild im Spiegel, bevor sie sich schminkte.

Sie trug jedes kosmetische Produkt genau so auf, wie Samantha es ihr beigebracht hatte.

Rachel zog das Kleid vor dem Schlafzimmerspiegel an.

Das Kleid war elegant und sexy.

Sie staunte über ihr Spiegelbild.

Sie schien eine ganz andere Frau zu sein.

***

Er kam genau um sechs Uhr nachmittags die Treppe herunter und ging dann den Flur hinunter.

Es war leicht zu erkennen, wo sich der Sklavenraum befand.

Es war der einzige Raum in der Villa, in dem die Tür immer geschlossen war.

Jetzt war die Tür offen und er schien sie anzurufen.

Der Bondage-Raum schien im Vergleich zum Rest des Hauses langweilig.

Es war ein mittelgroßer Raum ohne Wert.

Es gab einige Tische und Stühle.

Es gab andere interessant aussehende Gegenstände, wie ein Seil, das von der Decke baumelte, und seltsam aussehende Geräte, die grob aussahen.

Rachel ging ins Zimmer und ließ ihre Augen über sich schweifen.

Die Vorfreude wuchs.

"War es das, was du erwartet hast?" Sagte Samanthas Stimme von hinten.

Rachel drehte sich um und sah Samantha in einem roten Lederkorsett und schwarzen Stiefeln.

Sie zeigte ihre straffen Arme und Beine und ihr Haar wurde zurückgezogen.

Sie war wie eine echte Domina gekleidet.

Samantha schloss dann die Tür.

"Ich hatte ein bisschen länger gehofft, um ehrlich zu sein", sagte Rachel und versteckte ihre Nerven.

"Die meisten Leute erwarten mehr von meinem Bondage-Raum. Aber ich bevorzuge Einfachheit. Ich mag dieses Element der Überraschung."

"Was meinen Sie?"

"Ich mag es, dass die Leute diesen Raum unterschätzen", lächelte Samantha. "Außerdem ist es unerheblich, welche Art von Spielzeug und Geräten verwendet wird. Es ist die Bereitschaft, sich zu unterwerfen, und die dominierende Macht über das Unterwürfige, die eine gute erotische BDSM-Beziehung ausmacht. Nicht das Spielzeug."

Rachels Hände deuteten auf den Raum.

"Doch hier sind wir."

"Versteh mich nicht falsch", sagte Samantha und ging zur Haushälterin. "Ich liebe es, Spielzeug zu benutzen. Und ich liebe auch Saiten. Sie stärken meine Macht über Unterwürfige in vielerlei Hinsicht."

"Was wirst du mir tun?"

Samanthas Augen sahen die Hausfrau von oben bis unten an.

"Ich habe vergessen zu erwähnen, wie schön du in diesem Kleid aussiehst. Es passt perfekt zu dir und zeigt all deine Kurven. Und dein Make-up, ich bin beeindruckt. Du lernst schnell."

"Danke. Du siehst ... ähm ... attraktiv in diesem Outfit aus."

"Ich versuche immer mein Bestes zu geben."

"Also, was wirst du mit mir machen?" Fragte Rachel erneut, fast verzweifelt zu wissen.

Samantha trat vor und legte ihre Lippen an das Ohr der Hausfrau.

"Ich werde dich fesseln", sagte Samantha leise. "Dann werde ich dich immer und immer wieder kommen lassen. Du gehörst deinem Ehemann. Aber heute Nacht gehörst du mir. Deine Muschi gehört mir. Und deine Orgasmen auch mir."

Rachels Augen weiteten sich.

"Oh. Ich ... äh ..."

"Ich nehme an, Roger hat dich nie gefesselt."

"Noch nie."

"Perfekt. Ich liebe es, jemandes erster zu sein. Sei still."

Rachel blieb schüchtern in ihrem teuren Kleid stehen, als sie sah, wie Samantha ein Gerät an der Wand drehte.

Das Seil, das von der Decke hing, senkte sich zu Rachel.

"Wirst du mich damit fesseln?" Fragte Rachel.

"Gibt es ein Problem?"

Rachel schüttelte nervös den Kopf.

"Nicht."

"Gut. Jetzt gib mir deine Puppen."

Samantha benutzte das weiche Seil und band gekonnt Rachels Handgelenke fest.

Der Knoten war eng.

Rachels Hände waren gebunden.

Er leistete keinen Widerstand.

Nachdem sie das Seil gebunden hatte, ging Samantha zurück zur Wand und drehte das Gerät in die entgegengesetzte Richtung.

Dies führte dazu, dass sich Rachels Hände über ihren Kopf erhoben.

Nichts zu schmerzhaft, aber genug, um Rachel davon abzuhalten, sich zu bewegen.

"Gemütlich?" Fragte Samantha mit einem halben Lächeln.

Rachel zitterte fast, als sie mit gefesselten Händen über dem Kopf stand.

"Meine Handgelenke tun weh."

"Es tut weh, weil du kämpfst. Entspann dich. Gib dich mir."

Samantha öffnete eine nahe gelegene Schublade und suchte hinein.

Er zog ein Messer heraus und ging langsam mit einem bösen Lächeln zu Rachel, wobei er mit dem scharfen Gegenstand winkte.

"Oh mein Gott!" Rachel schnappte ängstlich nach Luft und dachte, dass etwas Schreckliches passieren würde. "Bitte nicht! Mein Gott! Mein Gott!"

"Sei nicht albern. Ich werde dich nicht verletzen. Nun, nicht der schlechte Weg."

Samantha trug das Messer oben auf Rachels Kleid.

Dann schnitt sie ab und teilte das Kleid in zwei Hälften.

Samantha stellte das Messer auf einen Tisch in der Nähe, teilte dann die Oberseite des Kleides und legte Rachels zwei runde Brüste frei.

"Jetzt siehst du aus wie eine echte Hure", lächelte Samantha. "Versautes Make-up, hübsches Haar, teure Absätze und ein zerrissenes Kleid, das deine alten schlaffen Titten freilegt. Alle Anzeichen einer Hure. Stimmst du nicht zu?"

Rachel nickte nervös.

"Ja."

"Ich halte mich immer an die Vier-Zoll-Regel. Sag mir, wie groß ist der Penis deines Mannes?"

"Ungefähr vier Zoll", gab Rachel zu.

"Roger ist fünf Zoll lang, also füge ich weitere vier Zoll hinzu. Das sind insgesamt neun Zoll."

Samantha öffnete eine weitere Schublade, um einen 8-Zoll-Dildo aufzunehmen.

Sie sah ihn an und staunte über die Größe.

Dann legte sie einen Riemen um ihren Schritt und zog den 10-Zoll-Dildo an.

"Wirst du das in mich stecken?" Fragte Rachel nervös.

"Ich werde dich damit verarschen", antwortete Samantha und schmierte das Sexobjekt. "Hattest du jemals Sex im Stehen?"

"Nicht."

"Noch ein erstes Mal."

Samantha stand vor Rachel.

Sie standen sich gegenüber, nur Zentimeter voneinander entfernt.

Samantha war sicher und ruhig.

Rachel war ein nervöses Wrack.

Die sexuelle Spannung lag in der Luft.

Samantha beugte sich vor und gab Rachel einen großen Kuss auf die Lippen.

Anfangs war es glatt.

Dann leidenschaftlicher.

Dann wurde es rauer.

Samantha biss sanft auf Rachels Unterlippe.

Dann küssten sie sich weiter mit ihren Zungen.

Während sie sich küssten, senkte Samantha ihre Hände und hob Rachels Kleid.

Dann führte er die Spitze des Gürtels zu Rachels Lippen.

Rachel spreizte im Stehen die Beine.

Der Dildo zielte auf ihre Muschi.

"Ich werde dich jetzt durchdringen", flüsterte Samantha in Rachels Ohr.

"Sei sanft."

"Nein", flüsterte Samantha.

Als die beiden Frauen miteinander verwoben blieben, gab Samantha einen harten Stoß und trat in Rachels Muschi ein, was ein hörbares Keuchen verursachte.

Samantha gab einen weiteren Stoß und ging tiefer.

Das Sexobjekt wurde immer tiefer.

An einem Punkt war das 9-Zoll-Sexobjekt vollständig in ihrer Muschi vergraben.

Rachel stöhnte und ihre Beine schlugen um sich.

Samantha zeigte ihre körperliche Stärke, indem sie beide Oberschenkel von Rachel in der Luft fest umklammerte.

Rachel war völlig vom Boden abgehoben, ihre Hände baumelten am Seil an der Decke.

Ihre Füße und Fersen schlugen wild um sich, während Samantha ihre Beine hielt.

"Kämpfe nicht", sagte Samantha und hielt die Hausfrau in der Luft. "Je mehr du kämpfst, desto mehr wird es weh tun. Gib dich mir hin."

Samantha lehnte sich zurück und gab einen weiteren harten Stoß, wobei sie den Dildo tiefer in ihre Muschi drückte.

Samanthas Hände hielten Rachels Beine fest im Griff.

Rachel hing mitten in der Luft, als die Domina in sie eindrang.

Sie fickten.

Sie sahen sich in die Augen.

Rachel weinte und stöhnte.

Aber sie hat Samantha nie gesagt, sie soll aufhören.

Sie wagte es nicht, aber sie wollte es nicht.

Es war Teil des Trainings und er begann sich angenehm zu fühlen, als sein Körper sich an die Größe anpasste.

Ihr Haar war zerzaust, ebenso wie ihre Füße.

Sie mochte es, von Samantha gefickt zu werden.

Sein Körper brannte.

Rachels Handgelenke schmerzten.

Die Haut um ihre Handgelenke färbte sich tiefrot, als ihr Körper in der Luft hing.

Aber der Schmerz in ihren Handgelenken war nichts im Vergleich zu dem Gefühl, das ihre Muschi fühlte.

Das große Sexspielzeug stimulierte die Nerven in ihrer Muschi, von denen sie nie wusste, dass sie existieren.

Die Stöße gingen weiter.

Sie schrie und schrie.

Sie weinte und weinte.

Sie stöhnte und stöhnte.

"Komm für mich", sagte Samantha und sah die Hausfrau mit Vergnügen an. "Komm für mich, du dreckige alte Hure."

Rachel schob ihre Hüften hoch.

"Ich bin nicht alt!"

Ein Orgasmus riss durch ihren Körper.

Rachel schrie lauthals.

Sein Rücken krümmte sich heftig.

Sie warf die hochhackigen Schuhe auf die andere Seite des Raumes.

Die Flüssigkeiten aus Rachels Muschi spritzten überall und hinterließen einen ernsthaften Job für die Putzfrau.

Als der Orgasmus nachließ, rollten Rachels Augen zurück und ihr Körper entspannte sich.

Samantha ließ ihre Umarmung los und Rachel baumelte in einem fast schwachen Zustand am Seil um ihre Handgelenke.

Samantha senkte das Seil und Rachels halbbewusster Körper lag auf dem Boden in einem Pool ihrer eigenen heißen Säfte.

Als Rachel die Augen öffnen konnte, sah sie, wie Samantha ihr Korsett auszog und völlig nackt wurde.

Rachel konnte nicht anders, als Samanthas perfekten nackten Körper zu beneiden.

Samantha saß auf dem Boden und spielte mit Rachels Haaren.

"Roger hat das Glück, eine Orgasmus-Hure wie dich zu haben", lächelte Samantha völlig nackt.

"Ich bin noch nie so gekommen. Niemals."

"Ich bin froh, dass ich dir dafür hätte dienen können. Aber denk dran, ich bin die Domina, du bist die Unterwürfige. Das ist zu meinem Vergnügen, nicht zu deinem. Und bis jetzt bin ich noch nicht gekommen."

Rachel hob eine Augenbraue.

"Woran denkst du?"

"Hast du jemals eine Muschi gegessen?"

"Nicht."

"Was für eine Jungfrau du in allem bist. Krieche auf mich zu. Lege dein Gesicht zwischen meine Beine."

Rachel tat, was ihr befohlen wurde.

Er kroch, bis sein Gesicht nur noch wenige Zentimeter von ihrer Muschi entfernt war.

"Küss meine Lippen", befahl Samantha und bezog sich auf ihre eigene Vagina. "Ich liebe es geküsst zu werden."

Rachel gab nach und küsste die äußere Schicht von Samanthas glatt rasierter Muschi.

"Leck es wie einen Lutscher. Dann steck deine Zunge hinein, als hättest du seit Tagen nichts mehr gegessen."

Rachel folgte den Anweisungen, leckte ihre Muschi und probierte die äußeren Flüssigkeiten.

Seine Zunge fühlte jeden Punkt ihrer Lippen.

Dann steckte er seine Zunge hinein, leckte und saugte.

Es war das erste Mal, dass sie eine Muschi gegessen hatte und sie fand, dass sie gut schmeckte.

"Das ist in Ordnung", stöhnte Samantha. "Weiter so. Leck weiter wie ein gutes Kätzchen."

Die Hausfrau, einst zurückhaltend, primitiv und ordentlich, war schnell zu einer erfahrenen Pussy-Esserin geworden.

Sie leckte und saugte begeistert.

Seine Zunge streichelte auf und ab.

Augenblicke später kam Samantha gerannt und stieß einen hohen Schrei aus.

Seine Beine zitterten, dann entspannte er sich.

Samanthas Augen leuchteten auf.

"Mein Gott. Wer wusste, dass du es so natürlich machen kannst?"

Rachel lächelte und legte ihren Kopf auf Samanthas Oberschenkel.

"Du weißt gut".

"Also denkst du?" Fragte Samantha rhetorisch.

Rachel küsste den Oberschenkel der Domina.

"Ja."

Die beiden Frauen setzten ihren Moment des gegenseitigen Trostes fort.

Rachel schloss die Augen und lehnte ihren Kopf zurück auf den Oberschenkel der Domina.

Samantha sah die schöne Hausfrau an und strich sich über die Haare.

KAPITEL 14

Tage später.

Nachdem Rachel ihr Gepäck abgeholt hatte, schob sie einen Wagen mit zwei Koffern hinein: einen mit ihrer normalen Kleidung und den anderen, den Samantha ihr gegeben hatte.

Sie sah ihren Mann draußen warten.

Ein breites Lächeln wurde erwidert.

Roger war froh, seine Frau so gut gebräunt und entspannt zu sehen.

Er rannte zu Rachel.

Sie stoppte den Wagen und umarmte ihn fest und erstickend.

Es war ein besonderer Moment.

Sie wollte, dass dieser Tag ein neuer Anfang für ihre Ehe war.

"Ich habe dich so sehr vermisst", sagte Roger.

Rachel legte ihre Lippen an sein Ohr und flüsterte: "Du wirst mich nach Hause bringen und mich an das Bett im Zimmer binden. Dann wirst du deinen Schwanz in meinen Hals schieben. Und dann wirst du mich ficken. Verstanden?"

Er trat ein wenig zurück, um seine Frau genauer anzusehen, erstaunt über ihre schmutzige Sprache.

In Rachels Augen war ein besonderer Schimmer.

Ein Hunger

Eine Lust.

Roger erkannte, dass seine Frau eine andere Frau war.

Roger nickte und nahm die Einladung an.

Rachel lächelte und gab ihm einen Kuss.

ENDE

www.ingramcontent.com/pod-product-compliance
Lightning Source LLC
LaVergne TN
LVHW041202150826
845673LV00001B/259